易中天 著

儒墨道法的救世之策

果麦文化 出品

目录

一　拿什么来拯救你，我的世界

先秦诸子百家争鸣，就是当时的"救市大辩论" /002
继承思想文化遗产，不能急功近利 /005
继承思想文化遗产，不能成王败寇 /008

二　"资产重组"之痛

礼坏乐崩，就是"政治链条"断了 /014
天下大乱，是因为要"资产重组" /017
变革总要付出代价，问题是大小 /021

三　急病撞着慢郎中

孔子是第一个"救市者"，也是第一个"失败者" /027
礼坏乐崩，就是礼也无法维持秩序，乐也不能保证和谐 /030
孔子的苦口婆心，只能是对牛弹琴 /034

四 草根有话说

孔子是"封建主义",墨子是"社会主义" / 040
所谓"资产重组",其实是"弱肉强食" / 043
在墨子看来,当时的社会完全没有公平和正义 / 047

五 墨子的"企业改革"

墨子改革的重点,是分配制度和人事制度 / 053
兼爱,是彻底改革的"治本之策" / 056
墨子一片好心,却是众叛亲离 / 060

六 爱,有没有商量

墨家是"爱你没商量",儒家是"爱你有商量" / 065
墨子虽然漏洞多多,却是一脚踩痛了儒家的鸡眼 / 069
除非掉进井里,还得爱有商量 / 072

七 走东门,进西屋;打左灯,向右转

以利说义,正是墨家高明深刻的地方 / 078
墨子的三个办法,两个不靠谱,一个有问题 / 082
不要简单地分什么"左派""右派",左右是会相互转化的 / 085

八　从君权到民权

孟子认为，君主不合格，人民就有权革命 / 091
作为"官方"改革者，孟子是走得最远的 / 095
从君权到民权，其实是逻辑的必然 / 098

九　从平等到专制

墨子的主张，名为"民主"，实为"专制" / 104
建设"人间天堂"的结果，可能是"人间地狱" / 107
理想应该也可以实施，但不能强加于人，更不能强制推行 / 111

十　一毛不拔救天下

只有人人"一毛不拔"，世界才有救 / 117
杨朱的主张，是中国历史上第一份"人权宣言" / 120
实现"天下为公"，不能以牺牲个人利益为代价 / 124

十一　这世界该交给谁

最好的天下，是不需要拯救和寄托的 / 130
把自己看得比天下还重，就可以托付天下 / 134
越是想救治天下，就越不能把天下交给他 / 137

十二　不折腾，才有救

天下大乱，就因为折腾 /142
折腾，是因为既自以为是又自作多情 /146
最好的治理就是不治理，最好的领导一定看不见 /149

十三　你的笑容已泛黄

误入歧途的人，走得越远，就越找不着北 /155
最好的时代，最好的社会，最好的人，都像婴儿 /159
后退没出路，道家有道理 /163

十四　同一个世界，不同的梦想

三家"坐而论道"，法家"横行霸道" /168
诸子之争，缘于"同一个问题，不同的梦想" /172
法家的"霸道"，其实就是"中央集权之道" /175

十五　"两面"与"三刀"

掌牢赏罚之权，用好、用活、用够、用足 /181
君主集权，平治天下，首先得有权势 /185
明用法，暗用术，两手都要硬 /189

十六　鸡蛋里面也有骨头

法家是最成功的,也是问题最大的 / 194
看出"制度比人可靠",是法家的深刻之处 / 198
韩非的"法治三原则",也应该抽象继承 / 201

十七　人性是个大问题

救世先救人,救人先救心,所以人性是问题 / 207
孟子的"人性向善",为仁义道德提供了人性的依据 / 211
荀子的"人性有恶",为礼乐制度提供了人性的依据 / 214

十八　德治还是法治

韩非"直面惨淡的人生",不动声色地说出了人性中的恶 / 220
利害与善恶,不过是同一个问题的不同说法 / 223
以法治国,以德育人,也许能行 / 227

十九　相信无尽的力量

从"亲亲之爱"出发,就可以"让世界充满爱" / 233
传播和推行"忠恕之道",将有利于实现世界和平 / 237
有"恻隐之心"做底线,就能建立完整的道德体系 / 240

二十　仗义岂能无反顾

滥杀无辜是"不仁"，该杀不杀是"不义" ／246
义是一柄双刃剑，必须反思、清理和界定 ／250
只有立足人性，才能高举义旗 ／253

二十一　若为自由故

真实而自由，是庄子的社会理想和人生追求 ／259
只要主张真实和自由，就一定会主张宽容 ／263
充当"正义斗士"，可能变成"卫道士"，甚至"杀人犯" ／266

二十二　让我们荡起双桨

面对先秦诸子，不妨"要什么就是什么，喜欢谁就是谁" ／272
传统社会与现代社会的根本区别，就在人权 ／276
科学、民主、法治，是我们今天的救世之道和强国之道 ／280

一　拿什么来拯救你，我的世界

有前进，就会有后退；有胜利，就会有失败；有成功，就会有挫折；有辉煌，就会有暗淡。危机永远存在，风暴还会再来。

先秦诸子百家争鸣，
就是当时的"救市大辩论"

问：最近，你大讲先秦诸子，是不是想"救市"啊？

答：救市？救什么市？股市？楼市？奶市？哈！怕是管不了吧？远水不救近火嘛！再说人家又不是救火车、消防队。

问：不是吗？孔夫子怎么说的？"天下有道，丘不与易也。"这话翻译过来，就是"如果天下太平，我孔丘又何必多管闲事"。反过来，意思也很清楚——如果社会出了问题，我孔丘就不能不管。那么，孔子管了吗？管了。这就至少说明两点：第一，当时世道不好；第二，孔子挺身而出。这不就是"救市"吗？

答：倒也是。不过不是"救市"，是"救世"。当然，打个引号，说是"救市"，也行。

问：其他人，也都这样吧？

答：应该说，最早是孔子发表了他的"救市主张"，比如以德治国、克己复礼、让世界充满爱，等等，然后就有人出来支持或者反对他。先是墨家反对，后是道家反对，最后是法家反对。儒家自己这边，孟子和荀子支持。不过孟子和荀子，观点也不完全相同，也有争论。

问：对不起，先打断一下。你说孔子最先发表"救市主张"，难道老子不在前面？

答：恐怕有两个"老子"，或者至少有两个。孔子曾经问礼的那个，在孔子之前，或者同时。写《道德经》（《老子》）一书的，我想应该在孔子之后。这个问题，只要比较一下《老子》和《论语》两书的内容，就不难得出结论。简单地说，《论语》只是自说自话，基本上没有对立面；《老子》却是多处批判儒家，以儒家为靶子。批判者总是在被批判者之后，这是常理。如果要深究，建议读冯友兰先生的《中国哲学简史》和李零先生的《人往低处走》，我的《先秦诸子》一书中也有说明。

问：这样一说，就清楚了。春秋战国时期一下子出现了那么多伟大的思想家，恐怕就因为当时"天下无道"，社会出了问题，得有人来"救"，来发表"救市"的主张。这就有了先秦诸子。但如何救，救什么，问题出在哪，观点不同，说法不同，方案也不同。这就有了百家争鸣。先秦诸子百家争鸣，就是当时的"救市大辩论"。是不是这样？

答：也是也不是。天下无道，需要"救市"，只是百家争鸣的直接原因，不是全部原因。他们讨论的问题，也不全是这个。不过"救市"确实是焦点。

问：核心就是"拿什么来拯救你，我的世界"？

答：也不光是"拿什么来救"和"怎么救"的问题，还包括"救不救"。实际上，也有主张"不救"，或认为"没救"的。

问：为什么？

答：因为在他们看来，当时那个社会已经坏透了，烂透了，根本就不可救药。

问：这是什么人的观点？

答：孔子时代的隐士。他们是"道家前的道家"，简称"前道家"。孔子为什么会说"天下有道，丘不与易也"？就因为有个隐士对孔子的学生子路说：现在普天之下都是滔滔洪水，谁能改变？你们又和谁一起去改变？你们与其像孔子那样"避人"，还不如像我们这样"避世"。避人，就是拒绝与那些坏人合作；避世，则是拒绝与整个社会合作。为什么拒绝与社会合作？滔滔者，天下皆是也，根本就没救嘛！

问：天下无药可救，又怎么样呢？

答：能拯救的也就是自己。

问：这又是谁的观点？

答：墨子时代的杨朱。杨朱是先秦道家第一人，第二是老子，第三是庄子。这三个人，观点并不完全一样，但有一点是相同的，那就是要拯救天下，先得拯救自己。不能拯救自己的，也不能拯救天下。相反，如果每个人都能拯救自己，天下也就不需要拯救了。

问：这可以说是"要救市，先救己"，对吧？

答：可以这么说。而且杨朱、老子、庄子都认为，当时社会之所以出问题，就因为很多人自己都管不了却去管别人，自己都救不了却想救世界。结果自然是管事的越多，事也越多；越想救市越救不了。如果人人都管别人，人人都来救市，势必天下大乱。结论也很简单：别救。

问：不救又怎么行呢？不救又怎么办呢？

答：所以儒家、墨家、法家都主张"救市"。其实道家也不当真"见死不救"，而是认为不能像儒家、墨家他们那样救。在道家看来，那不是"救市"，反倒是"添乱"。因此，要紧的不是"做什么"，而是"不做什么"，甚至"什么都不做"。不做，反倒有救。

问：不救之救？

答：是的。

问：不救之救也是救吧？

答：当然。

继承思想文化遗产，不能急功近利

问：那么，先秦诸子，不就可以说是"救市者"；他们留下的思想，不也可以说是"救市者的遗产"吗？

答：马马虎虎也可以这么说吧！不过要讲清楚，先秦诸子争论的问题很多，范围很广，留下的遗产也极其丰富，绝不仅仅只是一个"救市"问题。不讲清楚这一点，那些吹毛求疵故意找茬的，又要来骂我们"不严谨""伪学术"了。

问：也不必如此小心吧！

答：倒也不完全是怕挨骂，而是不希望我们的读者太急功近利。继承思想文化遗产，是不能急功近利的，不然一不小心就会庸俗化。因此，如果硬要说先秦诸子留下的是"救市者的遗产"，我必须说清楚三点。

问：哪三点？

答：第一点，别以为读一下《论语》《老子》什么的，危机就挺过去了，就化险为夷了。更别以为先秦诸子的那些"语录""格言"，拿过来用就能立竿见影。没有的事！这种急功近利的想法，是一种典型的巫术思维。你见过以前经常贴在电线杆上的那些字条没？"天皇皇，地皇皇，我家有个哭夜郎。过路君子念一遍，一觉睡到大天光。"有那么灵的事吗？

问：第二点呢？

答：第二就是我们遭遇的金融风暴也好，经济危机也好，迟早会过去。人类社会并不像某些人说的那样脆弱，不会顶不住的，读不读先秦诸子都一样。读，会过去；不读，也会过去。

问：那又何必要读？

答：这正是我要说的第三点。尽管目前的危机可以渡过，但还会有下一轮的危机。我们人类，命中注定只能在一种悲剧性的历史进程中前行。有前进，就会有后退；有胜利，就会有失败；有成功，就会有挫折；有辉煌，就会有暗淡。危机永远存在，风暴还会再来，我们必须居安思危。在这样一个前提下，有思想准备比没有思想准备好，有思想武器比没有思想武器好。

问：我们中国的先秦诸子，就提供了这样的思想武器？

答：提供了。因此，在这样一个危机四伏的时候，我主张大家能够静下心来读一读先秦诸子。将来，世界风平浪静，重归太平，我更主张这样做。

问：为什么这样说？

答：原因很简单，就因为先秦诸子留下的不是包治百病的灵丹妙药，而是应对变革的思想方法。有了这些思想方法，我们在遇到危机的时候，就知道该怎么看问题、想问题、解决问题。至少，也有一个"可以攻玉"的"他山之石"。比方说，我们可以看看，他们当时是拿什么来拯救自己的世界的。

问：应该是些很管用的办法吧？我也很想知道呢，能不能讲讲？

答：又急功近利了不是？别老想着有什么屡试不爽的办法，拿过来就能用。实话实说，我们现在之所以弄得问题多多，原因之一，就是太浮躁，太急功近利。不管讲什么，都要跟市场营销、企业管理、职务升迁等挂钩，不挂钩没人听。《周易》，禅宗，先秦诸子，《水浒》《三国》《红楼梦》，都看出"职场三十六计"来了，还美其名曰"国学"。其实八竿子打不着，也未必管用。告诉你吧，那都是些"披着羊皮的黄鼠狼"，至多是一些"术"。先秦诸子留下的，可不是那样的东西。

问：那你说他们留下了什么？

答：道。他们留下的是道，用来拯救当时世界的，也是道。天下无道，则唯道可以救之。所以就连最实用主义的法家，也留下了道。当然，法家也讲术。儒、墨、道、法四家当中，法家是最喜欢讲术的。但法家是讲术也讲道。他们留下的遗产当中，最宝贵的也是那些"道"。实际上，先秦诸子之所以伟大，就因为他们的争鸣虽由"救市"而起，但他们的思考却超越了这个话题，想得更深刻，更长远。

问：怎么深刻，怎么长远？

答：面对当时必须拯救的世界，先秦诸子至少考虑了这样一些问题。比方说，我们到底应该要一种怎样的社会？我们到底应该要一种怎样的制度？我们到底应该要一种怎样的生活？我们到底应该要一种怎样的文化？还有，我们到底应该要一种怎样的价值观念？这就是他们的反思。也就是说，面对当时的政治危机和社会危机，面对那四处着火的混乱局面，先秦诸子并不是急吼吼地端着一盆水就去救。他们还要想，好端端的世界，为什么会起火？火势为什么会蔓延？怎样才能真正扑灭？扑灭以后又该怎么办？国家究竟能不能长治久安？人民究竟能不能世代幸福？这才是他们真正要想的问题。对这些问题的回答，也才是他们留下的最宝贵的遗产。

继承思想文化遗产，不能成王败寇

问：那么，先秦诸子又怎么回答这些问题呢？

答：事情既然因"救市"而起，当然首先得弄清楚这个"市"为什么要"救"，社会的问题又究竟出在哪里，也就是"为什么会起火"和"火势为什么会蔓延"，等等。

问：问题出在哪里呢？
答：也有不同看法。道家的观点，是根本就不该有"市"。没有"市"，也就不必"救市"。

问：这个你前面说了。
答：以后也还要再说。

问：道家以外呢？
答：道家以外，大体上是儒家认为问题出在人心，法家认为问题出在制度，墨家认为问题既出在制度，也出在人心。

问：那他们的"救市"方案也不相同吧？
答：当然。儒家认为问题出在人心，因此主张"安心"；法家认为问题出在制度，因此主张"改制"；墨家认为问题既出在制度，也出在人心，因此既主张"改制"，也主张"安心"。

问：墨家好像全面一点。
答：也很深刻。制度的问题在哪，人心的问题在哪，墨家都说到了点子上，很到位。但同时，先秦诸子中，最不成功的也是墨家。

问:墨家为什么最不成功?

答:因为他们的办法最不管用,也最用不得。

问:这就怪了,怎么会这样?

答:这只能以后再说,我们这里先卖个关子吧!你喜欢读侦探小说吗?侦探小说里面的那些大侦探,都是这么说话的。

问:最成功的是谁?

答:法家。秦汉以后的政治制度,就是法家设计的。

问:为什么法家会成功?

答:因为法家的办法最管用。秦王国最后能一家独大,秦始皇最后能兼并天下,靠的就是法家的主张。我们知道,当时最迫切的需要是"救市"。谁的办法能解决问题,谁就吃香。所以秦始皇一统天下以后,就将法家的学说钦定为国家意识形态。

问:但是汉武帝以后,国家意识形态是儒家的学说呀!

答:实际上是两家"共同执政"。儒家是公开的"执政党",法家是暗中的"执政党"。

问:这么说,儒家学说也是管用的?

答:不管用。儒家学说和墨家学说一样,也救不了"市"。孔子周游列国,孟子游说诸侯,荀子著书立说,然而谁都不听他们的。为什么?不管用嘛!有趣的是,在后世,儒家的影响却是最大的。

问：当时不香后世香？

答：正是。

问：奇怪！这又是怎么回事？

答：这是一个"秘密"，也只能以后再说。

问：道家呢？

答：秦始皇之后，汉武帝之前，曾经一度是"执政党"。之后，就成为"在野党"，不过是"合法"的"在野党"，所以有时候也会成为"参政党"。他们的影响，仅次于儒家。

问：道家的办法管用吗？

答：也不怎么管用。道家根本就反对"救市"，岂能管用？不过当真"崩盘"以后，就用得上了。比如西汉初年，统治者"贵黄老，尚无为"，便造就了"文景之治"。但如果要"救急"，也是不管用的。

问：墨家呢？也是"参政党"吗？

答：墨家最惨，变成"地下党"了，影响也是最小的。

问：如此说来，墨家最差？

答：怎么能这样说？事实上，墨子对当时社会病状的描述最准确，诊断也最到位。而且，他"救市方案"中蕴含的理想、追求和价值判断，都非常可贵，甚至极其宝贵。他的理想，也是最美好的。相反，最成功的法家，反倒问题最多。

问：你这样讲，我真是听不懂。

答：怎么听不懂？

问：墨家的诊断最到位，方案却最不可行；理想最美好，影响却最小。儒家的办法同样不管用，影响却最大。道家的办法有时候管用，影响却次于儒家。法家的办法最管用，也最成功，却又是问题最多的，影响也没儒家大。这都是一些什么乱七八糟的"糊涂账"。

答：按照某些人习惯了的那种思维方式，是听不懂。许多媒体都问我，你讲先秦诸子，最喜欢哪一家，最赞成哪一家，哪一家对我们今天最有意义？我回答说，根本就不能这么问！讲先秦诸子，最忌讳的是三条，一是急功近利，二是非此即彼，三是一家独大。最成功的不一定就最正确，不管用的也不见得没影响。

同样，变成"地下党"，也不等于没道理。继承思想文化遗产，绝不能搞"成王败寇"那一套。

问：那我们应该怎么办？

答：是其是，非其非，实事求是，一视同仁。先弄清楚他们的思想，然后再把其中可以继承也应该继承的东西，都继承下来。

问：那你打算从何说起？

答：直接的起因既然是"救市"，那就先说当时的社会怎么出问题了吧！

二 "资产重组"之痛

从春秋到战国,整个社会,变得越来越没有信誉,没有信任,没有信念,没有信心。很少有人能够看到前景,也不知道前途在哪里。

礼坏乐崩，
就是"政治链条"断了

问：春秋战国时期，社会到底出了什么问题？

答：关于这一点，最好看看墨子的描述。

问：墨子怎么说？

答：九个字：国相攻，家相篡，人相贼。国相攻，就是国与国之间相互侵略；家相篡，就是家与家之间相互掠夺；人相贼，就是人与人之间相互残害。总之，人际关系出了问题，"国际关系"也出了问题。

问：那时也有"国际关系"吗？

答：有啊！我们现在叫做"中国"的地方，当时叫做"天下"。天下就是"天底下"，也就是"全世界"。这个"全世界"，或者说"天底下"，由许多国家组成，比如齐国，比如楚国。这些国家，都有自己的领土、军队和元首。他们的元首叫国君，也叫诸侯，所以他们的国家也叫诸侯国。所谓"国相攻"，就是这些诸侯国家互相侵略，今天你打过来，明天我打过去，可不就是"国际关系"出了问题？

问：所谓"家相篡"呢？

答：这个问题讲起来要麻烦一点。首先我们要搞清楚，那个时候的"家"，和我们现在的"家"，并不是同一个概念。现在说的"家"，是社会学的概念，也就是"家庭"。那时的"家"，却是政治学的概念，指一种特殊的政治实体。具体地说，就是大夫的领地。

问：大夫的领地？

答：对。那时的大夫，与秦汉以后的大夫，也不是同一个概念。秦汉以后的大夫，是官员。秦汉以前的大夫，是领主。既然是领主，就有领地。大夫的领地，就叫"家"。大夫是"家"这个特殊政治实体的君主，叫"家君"。他对"家"里的土地，有独立（或半独立）的产权；对"家"里的人民，有独立（或半独立）的治权。

问：你的意思是说，诸侯和大夫，都是领主，都有领地。诸侯的领地叫"国"，大夫的领地叫"家"。诸侯和大夫，也都是君主，都有臣民。诸侯是国的君主，叫"国君"。大夫是家的君主，叫"家君"。诸侯也好，大夫也好，对自己领地的土地和人民，都有独立（或半独立）的产权和治权。国与家，都是政治实体，是不是这样？

答：正是如此。

问：那么，国与家，或者说诸侯与大夫，又是什么关系？

答：君臣关系。诸侯是君，大夫是臣。国是家的上级单位，诸侯是大夫的上级领导。

问：一个天下，有两级政治实体？

答：三级。因为诸侯之上还有天子，也叫"王"。普天之下，莫非王土；率土之滨，莫非王臣。天子是天下土地的领主，也是天下人民的君主，叫"天下共主"。他是当时"全世界"的最高领导人。至少，在名义上是。

问：世界之王？

答：可以这么说。

问：这个"世界之王"（天子）与"各国元首"（诸侯），是什么关系？

答：也是君臣关系。天子是君，诸侯是臣。诸侯的"国"，至少在名义上隶属于"天下"，正如大夫的"家"隶属于诸侯的"国"。

问：这样一种关系又是怎么形成的呢？

答：封建。这里说的"封建"，是动词，封和建都是。封，就是划定范围；建，就是指定领导。具体地说，就是天子把天下分成若干领地，这就是"国"。每个"国"都指定一个世袭的君主，这就是"诸侯"，也就是"国君"。这就叫"封土建国"，简称"封建"。诸侯得到"国"以后，又再次封建，把"国"也分成若干领地，这就是"家"。每个"家"，也都指定一个世袭的君主，这就是"大夫"，也就是"家君"。这就叫"封土立家"，也简称"封建"。

问：天子封建诸侯，诸侯封建大夫？

答：对。天子、诸侯、大夫，三级分权。这样一种制度，就叫"等级分权君主制"。

问：明白了。打个比方，天下是总公司，国是分公司，家是子公司，是不是这样？

答：如果为了便于大家理解，也可以这样比喻，当然只是比喻了。而且，正如总公司、分公司和子公司之间，有资金链条或者经济链条连着；天下、国、家之间，也有链条，只不过不是"经济链条"，是"政治链条"。这个"链条"一断，社会就会出问题。要知道，当时的"天下"，可是相当于"全世界"呀！

问：断了吗？

答：断了。而且，这事在当时还有一个特定的说法，叫"礼坏乐崩"。

问：礼坏乐崩，就是"政治链条"断了？

答：正是。链条一断，天下大乱。

天下大乱，
是因为要"资产重组"

问：那么，当时的"政治链条"为什么会断呢？

答：这就说来话长了，只能以后慢慢再说。不过有一点很清楚，就是当时的天下、国、家，与现在的总公司、分公司、子公司，并不完全一样。天下那个"总公司"是虚的，天子也只向"分公司"象征性地收一点"管理费"。国与家，却是实体，有土地，有人民，有财税，有军队，有君主。也就是说，独立核算，自负盈亏，还都有自己的"法人代表"。国的"法人代表"就是诸侯，往往叫"某某公"，比如齐桓公、晋文公。家的"法人代表"则是大夫，一般叫"某某氏"，比如宁氏（卫国）、季氏（鲁国）。但无论是国，还是家，"法人代表"都是世袭的。

问：家族公司呀？

答：是。不过，国同时也是"股份公司"。国君相当于大股东，大夫相当于中股东或小股东。

问：这些中小股东（大夫）是什么人？

答：原则上是国君的兄弟、子侄、族人。家族公司嘛！所以，大夫也参加"分公司"的管理，担任副总经理或者部门经理。这是大夫最后会由领主变成官员的原因之一。变成官员以后，大夫就没有股份了，同时也不再有"子公司"。这样的大夫，可以由外姓人担任。

问：这就是说，按照当时的制度，大夫既是"分公司"的股东和干部，又是"子公司"的老板和经理？

答：正是这样。而且，大夫在"分公司"的股份，是和他"子公司"的资产相一致的。换句话说，"子公司"的资产越多，大夫在"分公司"的股份就越多，同时他的"话语权"和"决策权"也就越大。

所以，如果大夫的资产和股份，竟然比国君还多，这个"公司"就会出大问题了。

问：有这种事吗？
答：有啊！比如孔子生活的那个鲁国，股权就掌握在三家大夫手里。季孙氏是最大的股东，差不多占了一半的股份；叔孙氏和孟孙氏，差不多各占四分之一。鲁国的国君，反倒变成了最小的股东。结果怎么样呢？季孙氏执政呗！

问：怎么会这样？
答：怎么不会？没错，"分公司"刚刚组建的时候，国君的股份肯定是最多的，大夫往往只能做小股东。但是你要知道，大夫的"子公司"，可是独立核算、自负盈亏的，完全可能"做大做强"。做大做强也不难。好一点，自力更生；坏一点，以权谋私。毕竟，大夫同时还是"分公司"的"高管"嘛！做些手脚，有什么困难？

问：请问怎样做手脚？
答：两个办法。一是损公肥私，也就是把国君的土地、人民和军队设法变成自己的。鲁国的三家大夫季孙氏、叔孙氏和孟孙氏，就这么干过。二是损人利己，掠夺"他人财产"，也就是吃掉其他大夫的"子公司"。这样的例子也很多。比如晋国，就发生过大夫之间的战争，最后大股东由六家变成了三家。

问：看来，这就是墨子说的"家相篡"了。那么，"国相攻"呢？

答：就是"分公司"要做大做强。不过，诸侯不能照搬大夫的办法，因为天下这个"总公司"是虚的，没什么资产可以鲸吞。因此，诸侯只有一个办法，就是发动侵略战争，掠夺别国的土地和人民，甚至吃掉别人。

问：所以，国与国，家与家，就掐起来了？
答：对。"分公司"与"分公司"之间，"子公司"与"子公司"之间，相互挤对、兼并、争夺市场。不过"家相篡"是"国内矛盾"，"国相攻"是"国际冲突"。

问：天子那个"世界之王"就不管吗？
答：管不了啦！被架空了。他本来就是虚的嘛！

问：那么谁来管呢？
答：超级大国。"国相攻"的结果，必定是产生"超级大国"。他们的国君，就是"霸主"，也就是称霸天下的君主。在春秋时期，就是齐桓公、晋文公等等。这就是"春秋五霸"。到战国时期，小国都灭亡了，只剩下不到十个大国，这就是"战国七雄"。

问：周天子呢？
答：先是沦落为小国的国君，后来也被灭了。

问："总公司"解散，"分公司"做大做强，是这样吧？
答：也有"子公司"做大做强，灭了"分公司"的。比如"三家分晋",就是三个"子公司"(三家大夫)瓜分了晋国,又把自己升格为"分公司"。他们后来也成为"独立产权的大公司",称起王来,这就是赵、魏、韩。

问:哈呀,这不是"资产重组"吗?
答:是啊,天下大乱,就因为当时的社会要"资产重组"啊!

变革总要付出代价,
问题是大小

问:那么,"资产重组"的结果又是什么?
答:是"垄断经营"。过程大概是这样的:先是"争当老大",结果是有了"春秋五霸"。然后是"实施兼并",结果是有了"战国七雄"。最后,是齐国、楚国等等也都被灭了,只剩下一家"公司",这就是秦帝国,或者说秦王朝。

问:如此说来,秦的一统天下,是兼并的结果?
答:正是。所以我从来就不说秦始皇"统一中国",只说他"兼并天下"。实际上,"秦兼天下"也是古人的说法,是符合事实的科学说法。

问:这又有什么不可以呢?难道当时也有《反垄断法》?
答:当然没有《反垄断法》,秦的"兼并天下"也是历史的必然。

秦和秦始皇不来兼并，也会有别的国家别的人来兼并。而且，百代皆行秦政。秦以后，历朝历代，差不多都是"垄断经营"。普天之下，原则上只允许"一个国家，一个元首，一个政权，一个政府"。请注意，我说的是"原则上"，不是"事实上"。分裂时期和周边少数民族政权，要算是"例外"。其实就连某些少数民族建立的政权，也是"总公司"之下不再设"分公司"和"子公司"，只有不同层级的管理部门，比如省、府、郡、县。总之是"独此一家，别无分店"。

问：这样好吗？

答：难讲，大约是"成也萧何，败也萧何"吧！以后如果有机会，我们还可以再谈论。但不论这种制度是好是坏，反正它在中华大地上实行了两千多年之久。从秦兼天下，到辛亥革命，我们民族实行的，就是这种制度。这就说明，它具有一定的合理性和必然性。

问：这么说，当时之所以"天下大乱"，是因为社会正处于变革期？

答：没错。我们知道，处于变革时期的社会，总难免会有一些"病状"。春秋战国也一样。所以，当时的"社会病"，也可以说是"变革病"。

问：就像青春期脸上长痘痘？

答：事情如果这么简单，就不值得大惊小怪了。

问：比"长痘痘"严重？

答：严重多了。付出的代价，也极其沉重。首先是人民群众苦不堪言。因为那些"公司"之间的兼并，主要是靠战争。谁的拳头硬，谁就当老大。这就一要征兵，二要加税，三要死人。于是每年都有大批的民众，直接或间接地死于战争。就连统治阶级，日子也未必都好过。

问：他们的日子，为什么也不好过？

答：因为"资产重组"的结果，是"公司"越变越少。隔三岔五，就有"公司"破产，就有"企业"倒闭，谁能保证自己不是下一个？现在的公司垮了，老板只要不涉嫌经济犯罪，顶多也就是变成穷光蛋。那时"企业倒闭"，诸侯和大夫可是国破家亡，人头落地。

问：不是还有赢家吗？
答：赢家少，输的多。

问：那会怎么样？
答：有的提心吊胆，有的蠢蠢欲动，但都心狠手辣，无所不用其极。

问：为什么？

答：因为当时社会的"资产重组"，或者说政治实体之间的"重新洗牌"，包括那些"超级大国"的做大做强，主要都是通过不正当手段来完成的。为了巧取豪夺，只能不择手段。比如越王勾践为了打败对手，送到吴国的谷种都是煮熟了的。最后倒霉的是谁？还不是吴国的老百姓！其实也不光是勾践。干诸如此类缺德事的，多了去。既然大家都唯利是图，各国的君主、大夫必然是越来越不讲道德，也越来越不讲诚信。

问：能举个例子吗？

答：能。比如楚国，原本是与齐国联合，共同抗秦的。可是公元前313年，也就是荀子诞生的那一年，楚怀王却背信弃义，单方面撕毁协议，联秦反齐。原因也很简单，就是秦国的国相张仪悄悄地跟他讲，只要他们跟齐国翻脸，秦国就给他六百里地。楚怀王想，这事合算呀，就当真与齐国断交。

问：结果呢？

答：结果等到楚国去要土地，张仪却耍赖说，自己只答应了六里，没什么六百里。楚怀王勃然大怒，发兵攻秦，却被打得落花流水。韩国和魏国听说，也发兵袭击楚国，想趁机捞一把。哈！怀王是见利忘义，张仪是坑蒙拐骗，韩、魏则是趁火打劫，都不讲道德和道义，没有一个是好东西。

问：统统黑了心，难怪"人相贼"了。

答：这正是又一个沉重的代价——从春秋到战国，整个社会，变得越来越没有信誉，没有信任，没有信念，没有信心。很少有人能够看到前景，也不知道前途在哪里。大家都觉得，怎么这样混乱啊？这样下去怎么得了啊？这日子啥时候是个头啊？

问：这就需要有人来"救市"？

答：是。先秦诸子就是这样的人。或者说他们自以为是这样的人。

问：那么，先秦诸子打算怎样"救市"呢?
答：这正是我们下面要讨论的。

三　急病撞着慢郎中

礼的作用,主要是明确等级,维持秩序。乐有两个意思,一是音乐,二是快乐,加起来就是"音乐般的快乐"。它的作用是调节、平衡。

孔子是第一个"救市者",
也是第一个"失败者"

问:现在可以讨论诸子的"救市方案"了吧?

答:可以。我们知道,"救市"的起因,是"资产重组"。因此,"救市"的争论,也围绕这个问题来,而且儒、墨、道、法,各有方案,也各有主张。大体上说,孔子是旗帜鲜明地"反对重组",尤其是反对"子公司"大过"分公司","分公司"强于"总公司"。他有个学生,叫冉有,后来当了鲁国季孙氏大夫家的"宰",也就是"季氏子公司"的"执行总经理"。前面说过,孔子在世的时候,季孙氏已经是鲁国最大的家族。他们的资产和"股份",远远超过了鲁国的国君。但是冉有上任后,还要帮着季孙氏扩大经营规模,聚敛财富。于是孔子愤怒地宣布:冉有这家伙不是我的学生,同学们可以大张旗鼓地去揍他!

问:那么孔子主张怎么办?

答:退回到"资产重组"之前的模式,保持"三级分权"的格局。具体地说,就是回到西周。实在不行,打个折扣,东周也对付。

问：这不是痴人说梦吗？

答：确实不切实际，所以是不管用的。

问：所以大家都反对他？

答：不，只有法家因此反对。墨家和道家的办法，也是不切实际的。

问：墨子如何主张？

答：墨子也反对"资产重组"。在他看来，正因为大家都搞"资产重组"，这才弄得"国相攻，家相篡，人相贼"。但墨子同时又主张"企业改革"，主要是改革人事制度和分配制度。具体地说，就是所有的干部和员工，都应该能上能下，而且按劳取酬。用墨子的话说，就是"官无常贵而民无终贱"。这些主张，我们以后还要再说（请参看第五章"墨子的'企业改革'"）。

问：墨子是"改革派"，孔子是"保守派"？

答：不，孔子和墨子都是"改革派"，也都对现状不满。不同的是，孔子的主张，是改革现在，回到从前，顶多对原来的制度做些微调；墨子则主张进行较大规模的改革，甚至彻底改革。但"资产重组"，则是不必的，也是不对的。

问：道家呢？

答：道家也对现状不满，而且更不满，早就不满。在他们看来，不但"资产重组"不对，之前那个"三级分权"的制度也不对。最好的模式，是普天之下只有"个体户"和"小公司"，各自独立经营，自给自足,彼此不发生关系,不竞争更不兼并。用老子的话说,就是"小国寡民",就是"邻国相望,鸡犬之声相闻,民至老死不相往来"。

问:法家呢?
答:只有法家是赞成"资产重组"的,而且主张通过"资产重组",实现"垄断经营"。

问:所以只有法家成功了?
答:是。

问:儒家、墨家、道家的办法都不管用?
答:都不管用,但都有道理。

问:孔子有什么道理?
答:问题既然出在"资产重组",那么,最好的办法就是不要"重组"。对症下药嘛!

问:大家愿意吗?
答:有人愿意,有人不愿意。那些被兼并的"小公司",被架空的"大老板",大约是愿意的。可惜他们没有话语权。有话语权的,都是"资产重组"中的既得利益者,他们当然不愿意。比如鲁国那三家大夫,就不听孔子的。孔子没有办法,只好跑到别国去推销自己的主张,同样到处碰钉子。不信你去读《史记》的《孔子世家》,当时的人怎么形容他?"累累若丧家之狗。"所以孔子这一生,在政治上是很失败的。他是历史上的第一个"救市者",同时也是第一个"失败者"。

问:孔子知道他的办法行不通吗?

答:应该知道,因为就连他的学生都知道。前面讲过,曾经有不少隐士对孔子的"救市"不以为然,子路怎么回应的?"道之不行,已知之矣。"学生都明白的,先生能不明白?其实这事"地球人都知道"。比如有个看城门的小吏,就曾经对子路说:你们老师,不就是明明知道做不到,却偏偏还要去做的那个人吗?可见孔子的"知其不可而为之",差不多已是众所周知。大家都知道的,他老人家自己能不知道?

问:既然知其不可,那又何必为之?

答:我想有三个原因,一是责任使然,二是希望尚存,三是必须坚持。这第三条最重要。也就是说,在孔子看来,只有按照他那一套去做,才救得了"市",也才真正是"救市"或者"救世"。所以,不管行不行得通,都得坚持。

礼坏乐崩,
就是礼也无法维持秩序,乐也不能保证和谐

问:此话怎讲?

答:好讲得很。请问,孔子他们为什么要"救市"?世道太乱嘛!乱是什么意思?没有秩序嘛!为什么没有秩序?原来的秩序被打乱了

嘛！怎么打乱的？"资产重组"嘛！怎样才不乱？回到从前嘛！

问：西周或者东周有序吗？
答：有啊！天下是"总公司"，国是"分公司"，家是"子公司"。天子有天下，诸侯有国，大夫有家，士有职务，岂非秩序井然？

问：士是什么？
答：士是天子、诸侯、大夫之下的第四等贵族。前面说过，天子封建诸侯，于是诸侯有了"分公司"；诸侯封建大夫，于是大夫有了"子公司"。但是往下就不能再分了。于是大夫的兄弟、子侄、族人，就成为"子公司"的中层或基层干部。这就是士。这些干部也分两种。一种是管理干部，比如冉有（还有子路）当过的"宰"；一种是技术干部，比如文士和武士。这些职务，早期也都是世袭的（后来变成任命），叫"世职"。他们的报酬则叫"食田"，也就是大夫将某块土地的田租和赋税，发给士们做薪水。如果这块土地永远归某个士，就叫"赏田"，相当于"技术股"。士的下面，是庶人。庶人就不是贵族了，是平民。

问：明白了。天子是大老板，诸侯是中老板，大夫是小老板，士是白领，庶人是底层员工？
答：大约如此。

问：他们不平等吧？
答：不平等。天子地位最高，权力也最大。按照规定，当时各国的国界和疆域，都由天子划定；首任国君，也由天子指定（以后世袭）。天子还有权对不听话的国家进行修理，向发生战争的地区派遣"维和部队"。而且天子之下，诸侯与大夫也不平等。诸侯地位高、权力大、资产多，是君；大夫地位低、权力小、资产少，是臣。同样，诸侯、大夫与士，也不平等。诸侯之于国，大夫之于家，都既有产权又有治权，士就没有这些。

问：如此不平等，那又怎么维持呢？

答：靠两个手段，一个叫"礼"，一个叫"乐"。礼的作用，主要是明确等级，维持秩序。这些等级，都有严格的规定和鲜明的"可识别标志"。比如平民（庶人）不可以戴帽子（冠），只能戴头巾（帻）；士可以戴帽子（加冠），但不能加冕。天子、诸侯、大夫，既可以加冠，又可以加冕，都"冠冕堂皇"。但他们"冕"前面的"旒"（珠串）不一样多，天子十二旒，诸侯九旒，上大夫七旒，下大夫五旒。士没有冕，当然也没有旒。诸如此类的名堂还有很多，衣食住行，言谈举止，都有规定。一旦违反，就是"非礼"。

问：谁记得住呀？

答：所以要有专门人才。孔子代表的"儒"，就是这样一些"礼学家"。不过这些规定虽然烦琐，归根结底却只有两条，一是级别，二是规格。高级别的使用了低规格的礼仪，是"丢份"；低级别的享受了高规格的待遇，是"僭越"。这都是孔子不能容忍的。比如鲁国的大夫季孙氏，使用了天子才能享用的"八佾"，也就是八八六十四人表演的歌舞，孔子就说"是可忍也，孰不可忍也"，气得吹胡子瞪眼睛。

问：季孙氏应该怎样才对？
答：四佾。也就是三十二个人，或者十六个人，排成四行。如果是诸侯，就六行，每行八人或六人；如果是士，就只能两行，每行八人或两人。反正必须讲级别，讲规格。

问：讲级别，讲规格，爽吗？
答：有人爽，有人不爽；少数人爽，多数人不爽。所以还要有"乐"。

问：乐是什么？
答：乐有两个意思，一是音乐，二是快乐，加起来就是"音乐般的快乐"。它的作用是调节、平衡。讲级别，讲规格，不是不爽吗？那就请你想想音乐。在一部音乐作品中，所有的乐音，哆咪咪发嗦啦嘻，一样高吗？一样长吗？一样强吗？不一样。还有音色，也不一样。一样，就不是音乐了。可是这些音高、音长、音强、音色都不一样的乐音，放在一起，却又很好听，也很让人愉快。为什么呢？和谐嘛！和谐，是大家都向往的。既然要和谐，那你就不能把所有的乐音，都弄得一模一样。

问：这是谁的理论和主张？
答：周公。他的一大发明，就是用礼来维持秩序，用乐来保证和谐。具体地说，就是礼维护等级，制定规格；乐调节情绪，平衡心理。

这就叫做"乐统同，礼辨异"。这样一种制度，就叫"礼乐制度"。

问：所谓"礼坏乐崩"，就是礼也无法维持秩序，乐也不能保证和谐了吧？

答：正是。所以孔子的"救市方案"，就是"克己复礼"。

孔子的苦口婆心，只能是对牛弹琴

问：什么叫"克己复礼"？

答：也有两种解释。一种是"克制自己，回归周礼"，另一种是"亲自实践，履行周礼"，总之是要回到西周或东周吧！

问：回得去吗？

答：孔子认为回得去。前面说过，礼坏乐崩，就是"政治链条"断了。对症下药的办法，则是把那链条重新接起来。这就要搞清楚那些"链条"本来是怎么连接、靠什么连接的。

问：靠什么连接呢？

答：血缘关系，宗法制度。简单地说，就是设定天子与诸侯，诸侯与大夫，包括诸侯与诸侯，大夫与大夫，在名义上或实际上都有血缘关系或亲戚关系，比方说，是兄弟、子侄、外甥、女婿等等。西周封建的时候，以及春秋战国之前，基本上就是这样的。

问：那又怎么样？

答：这样一来，所有人都是同族，所有人都是家人。所谓"君主"，便同时也是家长或族长。天子是民族的族长，诸侯是国族的族长，大夫是家族的族长。这些"族长"，都是世袭的，原则上只能由嫡长子（正妻的第一个儿子）接班。嫡次子（正妻的其他儿子）和庶子（妾的儿子），就做下一级的贵族。比方说，天子的嫡次子和庶子做诸侯，诸侯的嫡次子和庶子做大夫，大夫的嫡次子和庶子做士。所谓"封建"，就是按照这个序列来进行的。

问：封建制与宗法制相统一？

答：还要加上礼乐制。在西周实行的制度中，封建、宗法、礼乐是三位一体的，合起来叫"家天下制"。其中，封建是政治制度，宗法是社会制度，礼乐是文化制度。封建制管国家形态，宗法制管社会结构，礼乐制管文化心理。天下、国、家，以及人与人的关系，就靠这三根链条来维系。

问：后来断了？

答：断了两根，封建制和礼乐制不管用了。

问：为什么会断呢？

答："君子之泽，五世而斩"（孟子语）。时间长了，血里面的水就多了。何况还有利害冲突。利之所在，血缘、亲缘、姻缘就不怎么起作用。所以儒家一再说，要讲仁义，不要讲功利。但没有人听。在"资产重组"的过程中，有实力的都想捞一把，没实力的则不相信仁义礼乐能够保证他们幸免于难。

问：那孔子为什么还抱有一线希望？

答：因为宗法制没有被摧毁。在天子的"王族"，诸侯的"公族"，大夫的"氏族"内部，宗法制还是起作用的。其实直到秦汉以后，宗法制也还是中国传统社会的重要制度。这也是儒家学说后来能风行的原因之一。

问：那么，孔子怎样用这根稻草来"救市"？

答：孔子为宗法制，也为礼乐制和封建制，找到了一个心理依据，这就是"亲亲之爱"。也就是说，每个人，都是爱自己亲人的。父母爱子女，子女爱父母，兄弟姐妹之间相亲相爱，天经地义。如果连这点爱都没有，那就不是人。

问：是人又怎么样？

答：是人，就一要孝，二要悌。孝，就是敬爱父母，这是纵向的爱。悌，就是友爱兄弟，这是横向的爱。这一纵一横加起来，就叫"仁爱"。

问：这跟"资产重组"有什么关系？

答：当然有关系。"总公司"与"分公司"，"分公司"与"子公司"，是"父子关系"呀！如果讲"孝"，"子公司"就不能大过"分公司"，"分公司"就不能强于"总公司"。你想，哪有儿子盖过老子的？至于"分公司"与"分公司"，"子公司"与"子公司"，则是"兄弟关系"。如果讲"悌",他们还能互相兼并吗?显然,讲孝悌仁爱,就不会"骨肉相残",也不会"资产重组"。

问:可是,他们已经"重组"了,又怎么办?
答:正名。孔子讲,如果让他执政,第一件事就是"正名",叫"必也正名乎"。

问:怎样正名?
答:君君、臣臣、父父、子子,也就是君要像个君,臣要像个臣,父要像个父,子要像个子。类似于,总公司要像总公司,分公司要像分公司,子公司要像子公司,不能乱套,更不能胡来。天下大乱,就因为大家都不守名分,不讲规矩。相反,如果所有的人都严格遵守"君臣父子"的规范,天下就有救了。

问:听起来似乎头头是道。
答:实际上也有人表示赞同。比如齐景公就对孔子说:先生讲得真好啊!如果君不君、臣不臣、父不父、子不子,就算有粮食,寡人能吃到嘴里吗?

问:那他们为什么不实行?
答:因为都有小九九。在他们看来,"君臣父子"那一套,最好是臣下都要讲,自己不必讲。或者说,自己是君就要求臣下讲,自己是臣就不讲。打比方说,大夫在子公司里得像个老板,到了分公司却不必把国君当老板。诸侯也一样。自己在分公司里得像个老板,却不必把总公司放在眼里。还有，自己的公司，别人不能兼并。别人的公司，最好统统吃过来。这是他们的如意算盘。结果呢？还是君不君、臣不臣。

问：所以孔子的苦口婆心，就只能是对牛弹琴？
答：是的。更何况，当时的天下已经乱作一团，亟须"救市"，孔子却还在慢条斯理地讲什么"正名"，讲什么"仁爱"，这不是急病撞着慢郎中吗？

问：这就是孔子失败的原因？
答：原因之一吧！根本的原因，还因为"资产重组"已是大势所趋，没人挡得住。

问：所以墨子他们要批判孔子？
答：不！墨子的批判，却是另有原因。

四　草根有话说

墨子认为，人与人天生平等，应该平等，必须平等。现在天下之所以大乱，世道之所以不太平，就因为之前的制度不平等。

孔子是"封建主义", 墨子是"社会主义"

问:孔子提出"救市方案"以后,墨子就来唱反调,是这样吗?

答:是的。墨子是先秦诸子批儒第一人。而且,正如李零先生所说,他是存心抬杠,处处跟孔子对着干、拧着来,尽管他们两个都是不成功的。

问:墨子知道自己不成功吗?

答:知道呀!有一次,墨子跟一个儒家之徒辩论,这个儒家之徒叫巫马子。巫马子说:先生兼爱天下,也没见有什么好处。我不兼爱,也没什么坏处。既然"功皆未至",你我都不成功,凭什么说你就正确我就错误?可见墨子也知道自己并不成功。

问:那墨子怎么解释?

答:墨子问巫马子:比如现在有人放火,一个人捧着水来救火,另一个人举着火来助阵,都没有成功,你赞成谁?巫马子说,当然赞成捧水的。墨子说:所以我认为我正确,你们不正确。这就说明两点:第一,在墨家看来,儒家的那一套不但救不了社会,而且简直就是放火;第二,儒墨两家是针锋相对,水火不容。

问：为什么会这样？

答：因为"道"不同。孔子是"封建主义"，墨子是"社会主义"。当然，这两个词要打引号。准确的意思是，孔子维护封建制度，主张回到西周；墨子关注社会状态，主张进行改良。他们两人的立场、观点、方法和角度，都是不一样的。

问：怎么个不一样？

答：孔子的立场是贵族的，甚至是统治阶级的。他多半是站在统治阶级的立场上，想统治阶级之所想，急统治阶级之所急，替他们谋划长治久安的方略，设计天下太平的蓝图。这些问题，孔子考虑得很多。如果有统治者来问，他就会耐心而明确地给出答案。比如鲁哀公问"怎样才能让老百姓服从"，鲁定公问"君臣关系应该如何处理"，还有齐景公、季康子等人问"如何执政"，孔子便都有回答。

问：这么说，孔子是统治阶级的"御用文人"或者"御用思想家"？

答：大错特错！孔子是有着独立立场和独立思想的"民间思想家"。所以，他在回答统治者问题的时候，并不看对方的脸色，有时候话还说得很难听。比如季康子问孔子，有什么办法可以减少盗贼、维持治安。孔子说，如果你自己不那么贪婪，就算你奖励盗窃抢劫，也没人干！请问，这是"御用文人"吗？又比如子路问"应该怎样为君主服务"，孔子回答说，不要欺骗他，但可以顶撞他。请问，这是"御用思想家"吗？

问：这就不懂了。你说孔子是"民间思想家"，又说他的立场是统治阶级的，这不是自相矛盾吗？

答：一点都不矛盾。你别忘了，孔子自己是贵族，因此也是统治阶级中的一员。但他这个贵族，第一，是最低一等的，是"士"。虽然也当过大夫，却只有俸禄，没有领地，与那些有领地、有治权的（比如季孙氏）不可同日而语。第二，他当大夫，实际执政时间很短，多数时候其实"在野"，只不过有此身份、头衔和待遇而已，并非"统治者"。

问：也就是说，他是"统治阶级"当中的"非统治者"？

答：对！作为"其中一员"，他为统治阶级思考问题，并不奇怪。同样，作为"非统治者"，他站在民间立场思考问题，也不奇怪。实际上，任何真正的思想家，思考都是独立的，与阶级立场无关。说得再明白一点，就是"立场有倾向，思考须独立"。

问：如此说来，孔子是"作为民间思想家为统治阶级独立地思考问题"？

答：非常准确。所以，孔子的"道"，必定是"封建主义"。因为当时的统治阶级，是由"西周封建"而产生的。孔子代表的，就是这些人的利益。

问：墨子呢？

答：墨子的立场则是平民的，甚至是劳动人民的。他更多地是站在劳动人民一边，想劳动人民之所想，急劳动人民之所急，为劳动人民奔走呼号，争取权利。为此，墨子提出了他著名的十大主张（兼爱、尚贤、尚同、非攻、节用、节葬、非乐、天志、明鬼、非命）。这些主张，便都与他的立场有关。

问：你说墨子的立场是劳动人民的，有证据吗？
答：有啊！比方说，墨子是反对"大型综艺晚会"的，谓之"非乐"。为什么呢？因为对劳动人民没好处。墨子说，现在社会最大的问题有三条，那就是"饥者不得食，寒者不得衣，劳者不得息"。这是劳动人民最大的忧患（民之巨患也）。可是那些"大型综艺晚会"却一点忙也帮不上，反倒要耗费大量的人力、物力、财力，既耽误生产，又耽误治国。这就简直是祸国殃民！

问：这偏激了一点吧？
答：观点可以讨论，立场则很明确。可以说，墨子是中国历史上，第一个为草根说话的思想家。在他之前，没有人这么想问题。

问：立场属于劳动人民，所以主张"社会主义"？
答：正是。

所谓"资产重组"，其实是"弱肉强食"

问：那么，墨子又怎样用他的"社会主义"来"救市"呢？
答：这得从根上说。这个"根"，就是当时的天下究竟哪里出了问题，或者说问题究竟出在哪里。孔子认为，是贵族阶级内部不讲孝悌，不守规矩，家臣、大夫、诸侯纷纷僭越，礼坏乐崩，这才天下大乱。因此，解决的办法，就是进行"内部整顿"，由"正名"而"复礼"。也就是说，用"封建主义"来"救市"。

问：墨子的看法呢？
答：动乱的根本，绝非"秩序的崩溃"。那个秩序本身，才是"万恶之源"。

问：天下大乱，孔子认为是"秩序出问题"，墨子认为是"秩序有问题"；孔子认为是大家都不守规矩，墨子认为是那个规矩根本就要不得？
答：是的。当然，他们都没有这样明说，但我们可以这样理解。

问：墨子的这个说法有道理吗？
答：应该有。因为像孔子那样，把"病因"定位为"犯上作乱"，会有逻辑问题。

问：什么问题？
答：我们要问，当时的天下，是"分公司"（国）多还是"子公司"（家）多？"子公司"里面，是"白领"（士）多还是"老板"（大夫）多？不用数也清楚。普天之下，国只有几十个，家就成百上千。至于家臣和士人，恐怕就成千上万了。如果是因大家"犯上作乱"而导致的天下大乱，秩序崩溃，岂不意味着上万个白领都比老板牛，成百的子公司都比分公司强？请问这可能吗？

问：当然不可能。

答：所以"犯上作乱"绝不是"天下大乱"的原因。即便是原因，也只是表面原因。

问：根本原因是什么？

答：弱肉强食。

问：此话怎讲？

答：因为只有那些实力雄厚的诸侯、大夫、家臣，才能"僭越"。诸侯实力雄厚，就可以不把天子放在眼里；大夫实力雄厚，就可以不把诸侯放在眼里；家臣实力雄厚，则可以不把大夫放在眼里。说到底，起作用的，还是军事实力和经济实力。

问：问题是这些人，又怎么会比他们的老板更有实力呢？

答：巧取豪夺，吃出来的。打个比方说吧！按照周公的设计，天子好比是龙，诸侯好比大鱼，大夫好比小鱼，家臣好比虾米。正常的秩序，应该是"鱼有鱼路，虾有虾路"，大鱼、小鱼、虾米"和谐共存"。就算要吃，也没有虾米吃小鱼、小鱼吃大鱼的道理。然而从孔子那时开始，甚至在孔子之前，虾米就已经吃起小鱼来，小鱼也居然吃起大鱼来了。

问：这又是为什么？

答：也只有一种可能，即那些虾米和小鱼，先吃了别的更小的虾米，更小的小鱼。等到大虾米吃了很多小虾米，吃得比小鱼还大，它就开始吃小鱼了。某些小鱼能够吃大鱼，某些大鱼能够叫板龙王爷，也一样。所以，表面上看是"犯上作乱"，实际上却是"弱肉强食"。这就是当时所谓"资产重组"的本质。

问：这就是墨子看出的问题？
答：正是。因此墨子把当时社会的问题，总结为十五个字。

问：哪十五个字？
答：强执弱，众劫寡，富侮贫，贵傲贱，诈欺愚。具体地说，就是强势的威胁弱势的，人多的压迫人少的，富有的欺负贫困的，高贵的傲视卑贱的，聪明的欺骗迟钝的。说到底，还是弱肉强食。

问：请问这与周公创立、孔子维护的"封建秩序"，又有什么关系呢？
答：因为那玩意是总根子，是罪魁祸首。

问：这又怎么说？
答：我们要问，封建制度是什么制度？等级制度。封建秩序是什么秩序？等级秩序。在封建制度下，政治实体分三等，天下、国、家。人也分三等，贵族、平民、奴隶。贵族当中，又分四等，天子、诸侯、大夫、士。诸侯当中，又分五等，公侯伯子男。此外，还有男人与女人不平等，嫡子与庶子不平等，长子与次子不平等，君子与小人不平等。总之，天上日月星，人分三六九。不平等，在周公和孔子那里，居然成了天经地义，岂非太不像话？

问：墨子是主张平等的？

答：是。墨子认为，人与人天生平等，应该平等，必须平等。现在天下之所以大乱，世道之所以不太平，就因为之前的制度不平等。比方说，儒家那个"封建秩序"规定，男尊女卑，父尊子卑，君尊臣卑，这岂非公开宣布可以"贵傲贱"？高贵的可以傲视卑贱的，则强执弱，众劫寡，富侮贫，诈欺愚，不也都顺理成章？由此产生的结果，不正是大鱼吃小鱼、小鱼吃虾米？只不过，周公他们没有料到，某些大虾米吃了很多小虾米以后，就会去吃小鱼；或者某些大鱼吃够了小鱼以后，就会叫板龙王爷。这可真是"自作自受"。

问：所以儒家那一套，不但救不了"市"，反倒是放火？

答：太对了！这正是墨子的意思。而且在墨子看来，问题还远远不止于此。

在墨子看来，
当时的社会完全没有公平和正义

问：除了人格不平等，当时的社会还有什么问题？

答：分配不公平。墨子说，在当时的制度下，有些人毫无贡献，却荣华富贵；另外一些人，而且是许多人，辛辛苦苦，劳碌一生，却缺衣少食。前一种情况，墨子称之为"无故富贵"；后一种情况，墨子没有定义，恐怕就只能叫"无故贫贱"了。

问：这么说，墨子也承认富贵贫贱的差异？

答：承认。毕竟，"平等"不是"平均"。既然是"社会分配"，就总会有多有少，有得有失，不可能完全一样。而且，墨子还认为，希望富贵，不愿贫贱，也是人之常情，没什么不对。问题是富贵也好，贫贱也好，都得"合理"。该富贵，就富贵；该贫贱，就贫贱。不能"无故贫贱"，也不能"无故富贵"。

问：无故又如何能富贵？

答：也有两种情况。一种是"吃祖宗饭"，一种是"夺他人食"。比方说，出生在王公大人家里，生下来就有可以世袭的爵位和领地，不用对社会做任何贡献，也能荣华富贵，这就是"吃祖宗饭"。又比方说，用种种不正当手段（比如盗窃、抢劫、诈骗、战争），掠夺别人的劳动成果，这就是"夺他人食"。这两种情况，本质上是一样的。

问：为什么一样？

答：因为"吃祖宗饭"，其实也是"夺他人食"。实际上，再伟大的祖宗，也不可能靠个人的劳动创造极大的财富，让子子孙孙受用无穷。这些子孙享用的，仍然是别人的劳动成果。所以，"吃祖宗饭"是剥削，"夺他人食"是掠夺。剥削者和掠夺者"无故富贵"，被剥削者和劳动者就只能"无故贫贱"，请问这公平吗？

问：当然不公平。

答：更可气的是，面对这种明显的"分配不公"，社会舆论却不以为非，反以为是。墨子说，现在有一个人，跑到别人家的果园里面偷了桃子、李子，大家都说该罚，因为他"不与其劳获其实"，是不劳而获，损人利己。那么，如果是偷鸡摸狗呢？

问：应该罚得比偷桃子、李子更重，因为他损人更多，罪过也更重嘛！

答：杀人呢？

问：该判死刑。

答：由此可见，偷鸡狗的比偷桃李的罪大，偷牛马的比偷鸡狗的罪大，杀人犯的罪又比盗窃犯大。杀一个人，就有一重死罪。杀十个人，就有十重死罪。杀一百个人，就有一百重死罪。那么请问，发动侵略战争，攻打别人的国家，大规模地杀人呢？发动掠夺战争，明火执仗地"夺他人食"，把别国的土地、人民、财产都据为己有呢？又该如何？

问：当时的规定，是多少重罪？

答：没有罪。不但没有罪，天下之人还要"从而誉之，谓之义"，说他们是好汉，说他们是义举，说他们是英雄，这岂非咄咄怪事？

问：确实是怪事。

答：怪事还多得很。墨子说，现在的诸侯们，侵略别人的国家（攻其邻国），屠杀别国的人民（杀其民人），掠夺人家的财产（取其牛马、粟米、货财），还要写在书本上，刻在石头上，铸在青铜礼器上,向自己的子孙后代炫耀"谁都没我抢得多"。那么请问,一个平民百姓,也去攻打邻居家,杀邻居家的人,抢邻居的猪呀狗呀,粮食呀,衣服呀,然后也记录在他家的本子上、器皿上,向自己的后代炫耀"谁都没我抢得多",行吗?

问:显然不行。

答:同样的事情,王公贵族就干得,平民百姓就干不得;或者王公贵族干了就叫"英雄业绩",平民百姓干了就叫"为非作歹",天底下哪有这样的道理?

问:确实没有这样的道理,双重标准嘛!

答:所以就连听了墨子这番话的鲁阳文君,也感慨地说,看来所有人都认为对的,也未必就正确(天下之所谓可者,未必然也)。然而遗憾的是,这种明显的不公平,却被认为是公平合理;这种明显的非正义,却被认为是天经地义。

问:这又说明什么呢?

答:恐怕只能说明,当时那个社会没有公平和正义!这便正是让墨子痛心疾首的地方,也正是墨子要着力改正的事情。

问:公平与正义,就是墨家学说的主题?

答:正是。前面说过,在墨子看来,当时的社会之所以"天下大乱",需要"救市",原因不是"犯上作乱",而是"弱肉强食"。背后的原因,则在于没有公平与正义。其具体表现,就是人与人之间,人格不平等，分配不公平。因此，"救市"的方案，就应该从人际关系和分配办法入手，建立公平正义的新秩序，建设公平正义的新社会。墨子认为，只有这样，才能"救市"；也只有这样，才是"救市"。

问：那么，墨子又打算怎么做呢？
答：我们下次再说。

五　墨子的"企业改革"

平等的意义有两条,一是人格平等,二是机会均等。只要做到这两条,先富后富,多富少富,不是问题。

墨子改革的重点，
是分配制度和人事制度

问：前面你说，墨子的"救市方案"，就是建立社会的公平与正义。那么请问，公平正义的标准是什么？怎样的社会，才是公平正义的？

答：五条标准——自食其力，按劳分配，各尽所能，机会均等，互利互爱。这是墨子代表"草根阶级"提出的社会理想，也只有"草根阶级"才可能提出这样的理想。所以我把墨家学派的出现，称为"草根有话说"。

问：为什么这样讲？

答：因为草根是劳动者。只有亲自参加劳动的人，才知道劳动的重要、劳动的可贵、劳动的价值，也才会提出"自食其力"的主张。墨子便正是这样一个人。他几乎终其一生都亲自参加劳动，成名以后也一样。

问：因此他对劳动和劳动人民，有朴素的阶级感情，是这样吗？

答：也不光是这样。如果只有"朴素的感情"，那就不是思想家了。墨子的了不起，更在于他看到了劳动的重要性。

问：怎样重要？

答：劳动是人的本质特征。墨子说，动物是可以不劳动的。它们生活在自然界，羽毛就是衣服，蹄爪就是鞋袜，水草就是粮食。所以，雄的不必种庄稼，雌的不必搞纺织，而"衣食之财固已具矣"。人则相反，是"赖其力者生，不赖其力者不生"。不劳动，就没有饭吃，没有衣穿，活不下去。这就是人与动物的本质区别。这样看，劳动者得食，不劳动者不得食，才叫"天经地义"。

问：那又怎么样？

答：就可以逻辑地得出四个结论，并成为四条原则。第一，每个人都要劳动，都要对社会做出贡献。这就是"自食其力原则"。

问：每个人都要下地干活？

答：不是这个意思。劳动并不就是体力劳动，也包括脑力劳动。贡献也不是做同样的事情，也要有分工。分工在墨子那里叫做"分事"，即"分内之事"。比如君王的分事是搞政治，士人的分事是当助理，农民的分事是种庄稼，妇人的分事是做纺织。这些都是劳动，都是贡献，也都有理由、有资格得到报酬。但有一个原则——

问：什么原则？

答：根据贡献大小来获得报酬，这就是"按劳分配原则"。也就是说，出力的得，不出力的不得；多出力的多得，少出力的少得。或者说，有贡献的得，没贡献的不得；贡献大的多得，贡献小的少得。如果像当时那样，占有社会资源和财富最多的，往往是出力最少的，甚至是不出力的，那就是不劳而获，取非所得，无故富贵。

问：第三条原则呢？

答：第三，分配的原则既然是按劳取酬，那么，为了体现公平，社会也应该保证各行各业"各从事其所能"，让每个人的才能都得到充分的发挥。这就是"各尽所能原则"。而且，分工原则既然是各尽所能，分配原则既然是按劳取酬，那就应该为每个人都创造同等的机会，以便那些有能力的人为社会多做贡献，也多拿酬劳。

问：这就是第四条原则？

答：对，"机会均等原则"。

问：怎样机会均等？

答：有能力的上，没能力的下。墨子的原话，是"有能则举之，无能则下之"。墨子说，即便是地位卑贱的农民、工人、商贩（虽在农与工肆之人），只要有能力，也应该给他崇高的地位，叫做"高予之爵"；给他丰厚的报酬，叫做"重予之禄"；给他职务责任，叫做"任之以事"；给他实际权力，叫做"断予之令"。相反，即便是王公大人的骨肉至亲，没有能力也不能做官。总之，尊卑贵贱，都必须根据每个人的能力、表现和贡献进行调整，做到"官无常贵而民无终贱"。这就是机会均等，能上能下。

问：呵呵，这话怎么听着耳熟啊，不会是在讲"企业改革"吧？

答：我在前面不是讲过了吗，墨子就是主张"企业改革"的，而且主要是改革人事制度和分配制度。按劳分配，多劳多得，是分配制度的改革。机会均等，能上能下，是人事制度的改革。或者说，自食其力，劳者得食，是基本原则；按劳分配，多劳多得，是分配原则；各尽所能，知人善任，是分工原则；机会均等，能上能下，则是干部任命的原则。

问：真没想到，我们今天的一些改革内容，墨子在两千四百多年前就提出来了。
答：所以说，墨子非常了不起。

问：这就是墨子"企业改革"的内容？
答：是。这四条，都是改革的重点，但不是目的。

问：目的是什么？
答：建立公平正义的新秩序，建设公平正义的新社会。所以，墨子不但要改革分配制度，解决"分配不公"的问题，还要改善人际关系，解决"弱肉强食"的问题。

兼爱，是彻底改革的"治本之策"

问：请问，墨子有什么办法，能够解决这些问题呢？
答：两个字——兼爱。

问：兼爱？

答：对！这是墨子提出的"治本之策"。

问：为什么是"治本之策"？

答：因为墨子认为，当时社会的问题，全都"以不相爱生"。不爱，国与国就相互侵略，家与家就相互掠夺，人与人就相互残害。这就是"国相攻，家相篡，人相贼"。同样，不爱，强势的就威胁弱势的，人多的就压迫人少的，富有的就欺负贫困的，高贵的就傲视卑贱的，聪明的就欺骗迟钝的。这就是"强执弱，众劫寡，富侮贫，贵傲贱，诈欺愚"。总之，当时社会的所有问题，包括"资产重组"、"弱肉强食"和"分配不公"，都是因为"不相爱"。

问：所以，墨子的办法，就是对症下药，用"兼爱"来治"不爱"？

答：正是。墨子说，诸侯相爱，就不战争；大夫相爱，就不掠夺；人与人相爱，就不残害。其中，最根本的，还是人与人的相爱。君臣相爱，就君惠臣忠；父子相爱，就父慈子孝；兄弟相爱，就融洽协调。如果"天下之人皆相爱"呢？那就"强不执弱，众不劫寡，富不侮贫，贵不傲贱，诈不欺愚"。不过，有一点得说清楚——

问：什么？

答：这种人与人的相爱，必须是"兼爱"。

问：兼爱又有什么特别呢？

答：兼爱，就是像爱自己一样爱别人。比方说，看待别人的国就像看待自己的国（视人之国若视其国），看待别人的家就像看待自己的家（视人之家若视其家），看待别人就像看待自己（视人之身若视其身）。这样一种爱，就叫"兼相爱"，也叫"兼爱"。

问：那又怎么样？

答：墨子说，如果天下人都"兼相爱"，都把别人的家看作自己的家，还有谁会盗窃（谁窃）？都把别人看作自己的人，还有谁会残害（谁贼）？都把别人的家族看作自己的家族，还有谁会掠夺（谁乱）？都把别人的国家看作自己的国家，还有谁会进攻（谁攻）？同样，把自己看得和别人一样，又怎么会剥削和掠夺别人，怎么会分配不公？总而言之，只要"兼相爱"，就一定"天下治"。所以，兼爱，就是彻底改革的"治本之策"。

问：做得到吗？

答：做得到呀！这又不是什么难事。墨子问，兼爱，有多难呢？有吃不饱饭那么难吗？有穿粗布衣服那么难吗？有冲锋陷阵出生入死那么难吗？可是就连这样"天下百姓之所皆难"的事，也能做到。想当年，楚灵王喜欢细腰，他的臣下就争着减肥，一天只吃一顿饭，饿得面黄肌瘦，扶着墙才能站起来。晋文公喜欢简朴，他的臣下就穿粗布衣，披母羊皮，戴厚帛冠，踏草鞋垫。越王勾践好勇，他的战士就赴汤蹈火万死不辞。可见再难的事，只要上面喜欢，下面就有人去做。兼爱，有那么难吗？

问：对不起，不是这个意思。我问"做得到吗"，不是技术和能力问题，而是说，大家愿意兼爱吗？

答：讲清道理就愿意。

问：什么道理？

答：兼爱对每个人都有好处。因为你爱别人，别人也会反过来爱你（爱人者，人必从而爱之）；你帮助别人，别人也会反过来帮助你（利人者，人必从而利之）。这样利人利己、两全其美的事，怎么会做不到？反过来，如果你不爱别人，别人自然也不爱你；你不帮助别人，别人自然也不帮助你。这道理，难道还不简单吗？

问：有这么简单吗？

答：墨子也知道大家不会马上就相信，因此他不但要讲道理，还要做实验。墨子说，假设有两个士人，一个是主张兼爱的，一个是反对兼爱的，那会怎么样呢？那个反对兼爱的就会说：我怎么可能把朋友看成自己，把朋友的父母看成自己的父母？因此，朋友饿了，他不给吃的；朋友冷了，他不给穿的；朋友病了，他不给治疗；朋友死了，他不给埋葬。那个主张兼爱的则会说：我当然要把朋友看成自己，把朋友的父母看成自己的父母。因此，朋友饿了，他给吃的；朋友冷了，他给穿的；朋友病了，他来服侍；朋友死了，他来埋葬。那么请问，一个人要出征或者要出差，临行之前，要托付自己的父母、老婆、孩子，会去找谁呢？傻瓜都能做出判断。

问：而且，按照墨子的逻辑，那个帮助了别人的人，自己要出征或者要出差的时候，那个被他帮助了的人，也会反过来照顾他的父母、老婆、孩子，是不是这样？

答：是啊！所以"互爱"的结果，必然是"互利"。互利互爱，再加上前面说的"自食其力、按劳分配、各尽所能、机会均等"，就是墨子的"社会主义"。请大家说说，这样的理想，这样的主张，不好吗？

问：当然好，太好了。问题是，这样好的主张，咋就没人实行呢？
答：因为统治者不赞成，老百姓也不愿意。

墨子一片好心，却是众叛亲离

问：不对吧？墨子的主张，不是对大家都有好处吗？怎么都反对呢？
答：很简单。墨子的方案，不是"自食其力、按劳分配、多劳多得"吗？那些不劳而获、无故富贵、吃祖宗饭的，岂不要饿肚子？墨子的主张，不是"各尽所能、机会均等、能上能下"吗？那些世袭的天子、诸侯、大夫，岂非十有八九得下台？

问：统治者不赞成，倒好理解。老百姓怎么也不愿意？
答：因为按照墨子那一套去做，太苦了，太难了。我们知道，墨家学派有个特点，就是"以苦为乐"。苦到什么程度呢？按照《庄子·天下》的说法，是必须穿粗布衣服，穿草鞋木屐，整天干活，晚上也不休息，弄得腿肚子上没有肉，小腿上没有粗毛（腓无胈，胫无毛),非如此不足以为"禹道",不足以为"墨者"。

问:真是这样吗?《庄子》的说法,也不一定靠得住吧?

答:那就看看墨家自己怎么说。墨子的大弟子禽滑釐("滑"音"骨"),追随老师三年,手上脚上都起了老茧,脸黑得像煤炭,做牛做马服侍先生,什么问题都不敢问。最后,就连墨子自己都看不下去,备酒设宴请他吃饭,禽滑釐这才说自己想学守城。这事可是《墨子·备梯》说的,不算别人诬蔑他们吧?

问:为什么必须这样?

答:因为墨子有一个基本观点,就是人必须劳动,也只能劳动。劳动以外的任何事情,都是错误的。什么休闲啊,娱乐啊,上个网啊,看个电影啊,看看电视啊,都不行的。你看什么电视嘛!有这闲工夫,不会去编个筐子?看央视春晚,更不行!那种"大型综艺晚会",是墨子最痛恨的。这样的生活,你说老百姓干吗?我看没谁愿意。

问:我也不愿意,太不近人情!

答:实际上,墨家学说的问题之一就在这里。我们知道,趋利避害,是人之常情;追求幸福,是人之常理。你违背这个常情常理,就行不通。

问:墨子难道反对人们追求幸福?

答:不不不!墨子是主张追求幸福的,而且主张全人类的幸福。他的思想有一个总纲,叫做"兴天下之利,除天下之害"。这十个字,在《墨子》一书中多处可见，贯彻始终。实际上，墨子不但主张，而且还许诺这种幸福。他告诉人们，只要实行他的改革方案，那就普天之下，都会幸福。

问：但实际上给大家的，却是苦日子？

答：恐怕是这样。这就牵涉到对幸福的理解。在墨子看来，平等是最重要的，其次是廉洁。只要大家平等地过苦日子，那就是幸福了。如果像他那样，领导人带头过苦日子，芸芸众生就更应该欢欣鼓舞，感恩戴德。

问：恐怕他想错了。

答：当然想错了。人民群众的愿望，是既要平等，也要好日子。何况平等也不等于平均。平等的意义有两条，一是人格平等，二是机会均等。只要做到这两条，先富后富，多富少富，不是问题。

问：相反，像墨者那样，人人破衣烂衫，餐餐粗茶淡饭，天天劳动不止，还不准有任何娱乐活动，恐怕不是广大人民群众向往的生活。

答：所以《庄子·天下》说，墨子这种主张，实在是"反天下之心"。反天下之心的结果，势必是"天下不堪"，没人受得了。因此，就算墨子自己能够实行（墨子虽独能任），却"奈天下何"！这样"离于天下"，违背人之常情常理的主义，能得到实行吗？不能。

问：看来，墨子的"企业改革"，和我们今天做的事情，并不完全一样啊！

答：当然并不完全一样，也不可能完全一样。在当时的条件下，要把所谓"公平"放在首位，恐怕也只能是大家一样地过苦日子。所以，我们不能苛求古人，不能责备墨子。实际上，直到今天，我们的经济学家，不还在为所谓"公平与效率"争论不休吗？今人都说不清的，怎么能要求古人就搞得掂呢？但是，我们仍然能够从中得出一些教训。

问：什么教训？

答：那就是任何改革方案，都必须有可行性。所谓"可行"，还不仅是"可操作"，更重要的是"合人情"。不能认为你作为改革者，作为领导，怎么怎么样了，大家也得跟着怎么怎么样。毕竟，我们不是导师，不是领袖，不是圣人。我们就是普普通通的小老百姓，就想能够过好日子，我们为什么要像你一样"以苦为乐"呢？

问：于是，墨子一片好心的结果，便只能是众叛亲离？

答：大约是吧！不过，墨家学说的问题，还不仅仅如此。正如我在前面所说，他们的办法不但最不管用，也最用不得。

问：为什么最用不得？

答：原因也很多。不过，我建议你先听听孟子怎么说。

六 爱,有没有商量

要弄清楚一个人哪些地方不对,或者哪些地方不妥当,不周全,有问题,最好听听反对派怎么说。反对派的意见,虽然未必就正确,但一般都能说到点子上。

墨家是"爱你没商量", 儒家是"爱你有商量"

问：我们现在不是要讨论墨子的问题吗？为什么要先听孟子的呢？孟子就一定对吗？

答：不是这个意思，我没说孟子就一定对。不过，要弄清楚一个人哪些地方不对，或者哪些地方不妥当，不周全，有问题，最好听听反对派怎么说。反对派的意见，虽然未必就正确，但一般都能说到点子上。这么说吧，反对派自己的主张，没准根本就行不通；他们对别人的批评，却常常能够击中要害，甚至一针见血。

问：为什么？

答：也有三个原因。第一，批评别人，通常比批评自己容易，这叫"别人的脑袋好摇"。第二，既然是反对派，立场固然相反，方法也往往不同。这就容易发现问题。第三，反对派为了战胜对方，就必须研究对方。知己知彼，才能百战百胜嘛！所以，真正的反对派，有水平的反对派，常常比我们自己还了解我们。当然，我说的是真正的反对派，有水平的反对派，靠"假新闻"混饭吃的不算，一知半解信口开河强词夺理，"为反对而反对"的也不算。

问：孟子是真正的反对派吗？

答：是。正如墨子是批孔第一人，孟子也是批墨第一人。而且，孟子的火气还很大，火力还很重，甚至大骂墨子"是禽兽也"。

问：孟子为什么这样恨墨子？

答：当然因为墨家是儒家的大敌。我们知道，自从孔子出来发表"救市主张"，并且游说诸侯，招收学生，儒家学派就创立了。孔子的主张虽然没人采纳，儒家的影响却很大，可谓独步一时。后来，出了两个人，一个是墨翟，也就是墨子，还有一个是杨朱。

问：杨朱是什么人？

答：就是主张"一毛不拔"的，我们以后再说（请参看第十章"一毛不拔救天下"）。这两个人，一左一右唱反调，影响巨大。用孟子的话说，就是"杨朱、墨翟之言盈天下，天下之言不归杨，则归墨"。思想舆论不是赞成杨朱，就是赞成墨翟，这对儒家的威胁太大了。

问：那也不必骂人家是禽兽呀！

答：倒也不完全是骂人，而是在孟子看来，如果实行墨子的主张，人就会变成动物。

问：兼爱会使人变成动物？人与人相亲相爱，怎么就变成动物了呢？再说了，孔子自己不也是主张用"爱"来"救市"吗？真不可思议！

答：不可思议的事情多了。比方说，就人格和个性而言，孟子更接近的是墨子，而不是孔子。这一点，我在《先秦诸子》一书中有详细比较。大体上说，孔子的个性是"温文尔雅，温柔敦厚"，墨子和孟子则是"侠肝义胆，古道热肠"。他们两个，是先秦诸子中最"热"的，也都行侠仗义，反战爱民。

问：可以举例说明吗？

答：可以。比方说，墨子曾经愤怒地质问，杀一个人就该判死罪，那发动侵略战争，攻打别的国家，大规模地屠杀人民，又该判多少重罪？这个问题，孟子就回答了。

问：孟子怎么回答？

答：死刑都不能赎他们的罪（罪不容于死）！所有的好战分子、战争狂人，都应该判处极刑，叫"善战者服上刑"。请大家看看，这像不像墨子？又比方说，他们都主张改革人事制度，只不过孟子的说法叫"尊贤使能"，墨子的说法叫"尚贤事能"，意思都一样嘛！

问：他们也都主张爱，对吧？

答：对，而且说法非常相似。墨子的主张，是"视人之国若视其国，视人之家若视其家，视人之身若视其身"；孟子的主张，则是"老吾老以及人之老，幼吾幼以及人之幼"。请大家看看，这两种说法像不像？实在太像了，简直就如出一辙。

问：那他们怎么又弄得水火不相容？

答：说来好笑，他们的分歧之一，竟然是"爱有没有商量"。墨子认为"没商量",孟子认为"有商量",而且必须"商量"。

问：这又是什么意思？
答：墨子认为，爱，是无私的。既然"无私"，就不分彼此，不分你我，也不分亲疏贵贱、民族种族，统统一样地爱。这样一种没有等级和差别的爱，就叫"兼爱"，类似于今天我们说的"博爱"。既然统统一样地爱，当然"爱你没商量"。

问：孟子反对这个意见？
答：反对。孟子说，爱是有等级、有差别的。一个君子，最爱的首先应该是"双亲"，其次是"民众"，最后是"万物"。君子对于万物，只需要爱惜，不需要仁德；对于民众，只需要仁德，不需要亲爱。亲爱只能给亲人，而且首先给父母，然后再推而广之，以及人之老，以及人之幼。这就叫"亲亲而仁民，仁民而爱物"。在这里，越亲近，爱得就越深、越多；越是疏远，则爱得越浅、越少。这就叫"爱有差等"。这样一种有差别、有等级、有商量的爱，就是"仁爱"。这就是儒家的主张。

问：儒家讲"仁爱"，墨家讲"兼爱"；儒家"有商量"，墨家"没商量"？
答：简单地说，就是这样。

问：为此，儒墨两家就吵起来了？
答：还吵得不可开交。

墨子虽然漏洞多多，
却是一脚踩痛了儒家的鸡眼

问：儒墨两家怎么争论呢？

答：当然是墨子先批判儒家。比方说，《墨子》的《耕柱》篇，就记录了墨子与一个儒家之徒的辩论。这个儒家之徒，就是前面说过的巫马子。他对墨子说：我和先生不一样。我可不能兼爱，不能对所有的人，都没有差别没有商量地爱。我爱邻国，肯定超过爱远国；爱本国，肯定超过爱邻国；爱老乡，肯定超过爱国民；爱族人，肯定超过爱老乡；爱双亲，肯定超过爱族人；爱自己，肯定超过爱双亲（爱我身于吾亲）。为什么呢？越近就越亲，越亲就越爱嘛！别人打我，我会疼；打别人，我不疼。我为什么不救助自己，却要去管别人的痛痒？所以我只可能损人利己（杀彼以我），不可能舍己为人（杀我以利）。

问：墨子怎么说？

答：墨子问他，先生的主张，是准备藏在心里呢，还是打算告诉别人？

问：巫马子怎么回答？

答：巫马子说，为什么要藏起来？当然要告诉别人。墨子说，那好，那你就死定了。

问：为什么？

答：因为按照墨子的逻辑，巫马子的主张宣布以后，人们的态度无非两种，一是赞成，二是反对。是不是？

问：不一定吧？也可能既不赞成也不反对。

答：没错！这正是墨子逻辑的一个漏洞。不过我们姑且放过它，且看墨子如何推理。

问：行。墨子往下怎么推理？

答：墨子说，赞成的人会怎么样呢？会实践你的主张。你主张损人利己是不是？那好，他就照你说的做，也损人利己。而且，就杀你，利他自己。

问：这个推理成立。因为对于其他人来说，巫马子就是"别人"。

答：所以墨子对巫马子说，有一个人赞成你的主张，就有一个人来杀你；十个人赞成，十个人来杀；如果天下人都赞成，天下人都会杀你。损人利己的结果，岂非自取灭亡？

问：这个推理好！损人利己的问题，恐怕正在这里。你损人利己，别人也损人利己，最后是大家都受损，包括主张和实行损人利己的人自己。所以，损人利己，是绝对不能提倡的。它对社会，对大家，对每个人都不利，都是损害和祸害。但是，我们并不能因此就认为巫马子死定了，不是还有反对他主张的人吗？

答：是的。反对的人又会怎么样呢？墨子说，他们会认为你妖言惑众，也要杀你。所以，有一个人反对你，就有一个人来杀你；有十个人反对，就有十个人来杀；天下人都反对，天下人都来杀。赞成的人也杀你，反对的人也杀你，想想看，你巫马子是不是死定了？

问：不能这么说吧？
答：为什么不能？

问：主张损人利己虽然不对，也不能就治人家的死罪呀！再说了，巫马子是把他的主张说出来了，这才被人追杀。如果他不说只做呢？要知道，咬人的狗不叫，会叫的不咬人。那些真正损人利己的家伙，几乎从来就是只做不说的。巫马子，充其量不过是"会叫的狗"。他也就是说说而已，未必真干。把他杀了，岂非制造冤案？
答：这也正是墨子的问题，他总是喜欢把话说死、说绝，结果往往留下漏洞。

问：还有什么漏洞？
答：墨子为了证明无差别、没商量的"兼爱"是对的，有差别、有商量的"仁爱"是错的，设定了两个概念，一个叫"兼"，一个叫"别"。兼，就是人与人无差别。别，则是有差别。由此，墨子推导出结论——兼则爱，别则恨。不兼则不爱，是爱就没商量。

问：这个结论又是怎么推出来的？
答：墨子问，现在天下这么乱，坏事这么多，是什么原因？是因为这些人爱别人、帮别人，还是因为他们恨别人、害别人？相信大家都会说，是因为恨，是因为害。那么，这些恨别人、害别人的人，是把别人看得和自己一样呢，还是认为有差别呢？肯定是有差别。可见主张"别",就会恨。恨,就会害别人,天下也就会大乱。相反,天下太平的时候,谁都不欺负谁,谁都不伤害谁,谁都不压迫谁,是什么原因?相信大家都会说,是因为爱,是因为帮。为什么爱?为什么帮?因为把别人看得和自己一样,没有差别。所以,有差别的"仁爱"是错的,无差别的"兼爱"是对的。

问:不见得吧?害人并不一定因为恨。比如小偷去偷东西,是因为恨那些物主吗?恐怕多半不是。同样,国与国相互战争,家与家相互掠夺,人与人相互残害,我看也不是因为恨,而是"资产重组"的"利"所使然吧?
答:对!损人一般都是为了利己,跟承认差别没有必然联系。

问:而且,主张无差别,也不一定就彼此相爱;主张有差别,也不一定就相互仇恨。他们也可以不恨不爱、不闻不问,老死不相往来嘛!
答:哈,这正是道家的主张,我们以后再说吧!

问:显然,兼则爱,别则恨,治乱因于兼别,是说不通的。墨子的逻辑,确实有问题。
答:但是,他和巫马子的辩论,却是一脚踩痛了儒家的鸡眼。

除非掉进井里,还得爱有商量

问:墨子怎么就踩痛了儒家的鸡眼呢?

答：要害就在巫马子的话——我爱自己，肯定超过爱父母。

问：不大可能吧？巫马子不是儒家之徒吗，怎么会说这样有违"孝道"的话？

答：所以冯友兰先生推测，这"大概是墨家对儒家的夸张之词"。

问：我看也是墨家编出来的。

答：问题是，不管有没有巫马子这个人，也不论他说了什么，"爱我身于吾亲"这句话，都可以逻辑地推导出来。因为按照儒家的理论，爱是因为亲，亲是因为近。越近就越亲，越亲就越爱。如此说来，最多的爱，岂非该给自己？凭什么爱父母就该超过爱自己，也超过爱一切人呢？又凭什么对父亲的爱，要超过对母亲的爱？还有，君主跟我们，既不亲，也不近，凭什么要给他最多的爱？这可没道理。

问：那儒家怎么答辩？

答：没有答辩。孟子只是说，不这样，就不是人。在孟子那里，"不是人"的思想家有两个，一个是主张"兼爱天下"的墨子，一个是主张"一毛不拔"的杨朱。

问：孟子怎么骂他们？

答：孟子说，杨朱主张为我，这是"无君"；墨子主张兼爱，这是"无父"。"无父无君，是禽兽也"，必须坚决反击。其中，就包括讲清楚为什么仁爱是对的，兼爱是错的。

问：孟子怎么讲？

答：辩论。墨子跟儒家信徒辩，孟子就跟墨家信徒辩。跟孟子辩论的这个墨家信徒，名叫夷之。不过这次辩论，双方没有见面，是托人带话。夷之说，你们儒家不是一再讲，古代的圣人爱护民众就像爱护婴儿吗？可见"爱无差等"。

问：这话什么意思？

答：因为婴儿都是一样的。爱民如子，就是把民众看得和自己的孩子一样，看成一样的人，这难道不是"爱无差等"，不是"兼爱"吗？

问：孟子怎么答辩？

答：孟子说，墨家不过是钻了一个空子。比方说，一个婴儿在地上爬，眼看就要掉到井里去了，任何人都会上前去救。墨家以为，这就证明了"爱无差等"，证明了人人都有兼爱之心，其实不是的。

问：那是什么？

答：是"恻隐之心"。恻隐之心是人人都有的"天性"。只要是人，就会有恻隐之心（请参看第十九章"相信无尽的力量"）。因此，只要是人，就不会见死不救。这个时候，处于危险之中的婴儿是谁家的孩子，已经不重要了。没有人会在这个时候，还考虑人与人的差别。

问：人与人的差别既然是可以不考虑的，为什么还要主张有差别的爱呢？

答：因为在儒家看来，没有差别，就没有礼义，没有廉耻。比方说，男人和女人，要不要有差别？孟子就认为要。不讲男女之别，那就是禽兽。正因为男女有别，这才必须"授受不亲"。但是，如果嫂子掉进水里了，请问拉不拉她？

问：当然要拉。

答：孟子也认为要拉。孟子说，嫂子掉进水里了还不赶快拉一把，那就是畜生（嫂溺不援，是豺狼也）。但是，你能够因为救了嫂子，就说爱嫂子和爱老婆一样吗？你能够因为这回拉了嫂子一把，就从此天天和嫂子牵手，亲密无间吗？

问：哈！不能。

答：所以，嫂溺而援之以手，不是"兼爱"，而是"恻隐之心"。也所以，孟子只会说"老吾老以及人之老，幼吾幼以及人之幼"，绝对不会说"妻吾妻以及人之妻"。

问：但是，别人的老婆掉进水里了，还是得赶紧拉一把？

答：对！这就是儒家所谓的"经"与"权"。经，就是经常，也就是原则。权，就是权宜，也就是变通。比方说，原则上必须"男女授受不亲"，但在特殊情况下，该拉还得拉一把。这就叫"既有原则性，又有灵活性"。这就是儒家的主张。

问：也就是说，在通常的情况下，还是爱有商量？

答：是的，除非所有人都掉进了井里，这当然并不可能。所以，儒家认为，在通常的情况下，还是要讲有差别的"仁爱"。更何况，在孟子看来，爱有商量，不但是礼义廉耻，也是人之常情。孟子说，墨家的那位信徒夷之，当真相信爱邻居的孩子，能够和爱哥哥的孩子一样吗？不可能吧？

问：换句话说，兼爱没有可能性？
答：墨子认为有可能，孟子认为没可能。所以，这场争论结束不了，还会引发新的争论。

七　走东门，进西屋；打左灯，向右转

孟子有道理，是因为抓住了道德的可能性。墨子有道理，则在于抓住了道德的超越性。

以利说义，
正是墨家高明深刻的地方

问：兼爱能不能实行，是大问题吗？

答：是。事实上，伦理学的核心问题，就是道德的"如何可能"和"怎样可能"。任何道德，倘若没有可能性，也就没有任何意义。更何况，"兼爱"是要用来"救市"的。如果不能实行，岂非白说？

问：但在孟子看来，兼爱根本就不可能？

答：是啊！对所有人、一切人，都一模一样地爱，怎么可能呢？任何人，爱自己的孩子，总比爱兄弟的孩子要多一些；爱兄弟的孩子，也总是比爱邻居的孩子要多一些。这是每个人的经验就可以证明的，根本就不需要讨论嘛！能够做到"老吾老以及人之老，幼吾幼以及人之幼"，就很不错了。所以，还是以"亲亲之爱"为出发点的仁爱靠得住。

问：道德主张，一定要靠得住吗？

答：当然。请问，道德是什么？是人与人之间行为的规范。如果靠不住，怎么规范？这就必须建立在人性的基础上，也必须讲人之常情。不讲常理、常情、常识，就没有基础，不能实行。如果强制推行，只能导致伪善。所以孟子有道理。

问：这么说，墨子是没有道理的？

答：墨子也有道理。孟子有道理，是因为抓住了道德的可能性。墨子有道理，则在于抓住了道德的超越性。比方说，肚子饿了要吃东西，这是人人都做得到的。但只有再穷再饿，也不取不义之财，不吃嗟来之食，才是道德。同样，在墨子看来，亲爱自己的亲人，这是人人都能做到的。因此这不是"道德"，而是"本能"。相反，只有打破了人与人之间的界限，超越了人人都能做到的"亲亲之爱"，实现普天之下人人平等的"博大之爱"——兼爱，才真正达到了道德的境界。这就是墨子的道理。

问：墨子讲超越性，你说有道理；孟子讲可能性，你说很正确。那我们到底听谁的？

答：都要听。最好是理想讲兼爱，现实讲仁爱，以兼爱导仁爱，以仁爱行兼爱。这或许是个办法。但应该承认，兼爱是比较困难的。

问：那么，墨子又打算怎样来实行兼爱呢？

答：首先是和大家算账。墨子说，现在有人反对兼爱，是因为"不识其利"，也就是认为行兼爱会吃亏。其实不然。兼爱不但不吃亏，还有红利。

问：为什么呢？

答：因为你爱别人，别人也会爱你（*爱人者，人必从而爱之*）；你帮别人，别人也会帮你（利人者，人必从而利之）。这怎么会是吃亏？相反，你恨别人，别人也会恨你（恶人者，人必从而恶之）；你害别人，别人也会害你（害人者，人必从而害之）。这才真是亏大发了。所以，"兼相爱"是对的，"别相恶"是错的，因为前者有好处，后者害自己。

问：这个道理你前面讲过了。
答：但是讲得还不够。实际上，这是非常重要的思想，也是非常宝贵的思想。

问：为什么重要？
答：因为在中国思想史上第一次提出了"双赢"的观念。现在，讲"双赢"已经不稀罕了。人与人，国与国，企业与企业，大家都开始讲"双赢"。但在以前，是不怎么讲的。传统社会中的中国人往往认为，有赢就有输。你赢了，我就输了，怎么可能"双赢"？所以，很多人更喜欢讲的，是你死我活，成王败寇，不是东风压倒西风，便是西风压倒东风。

问：这是受谁的影响？
答：法家，尤其是韩非。法家的哲学，就是"斗争的哲学"；韩非的方法论，就是"矛盾对立双方的斗争"。这个后面还会说到。

问：墨子的这个思想，又为什么宝贵呢？
答：因为第一次把道德和功利统一起来了。过去我们总是认为，道德和功利是尖锐对立、泾渭分明的。比方说，见义勇为，就是不计利害；追名逐利，就是不讲道德。因此，讲功利，就一定是不讲道德；讲道德，就一定不能讲功利。

问：难道不是这样吗？

答：不完全是。不可否认，道德确实具有超功利性，也必须具有超功利性。因此，舍己救人高尚，损人利己缺德。但是请问，损人利己，损的是别人的什么？利嘛！舍己救人，舍的又是自己的什么？还是利。显然，如果别人没有利，就谈不上"损"。如果别人的利是不受保护的，就没有什么"损不得"。同样，如果自己没有利，或者这利益原本可有可无，舍他一下，也就没什么了不起。可见道德的前提，是承认每个人的"利"。道德的目的，归根结底也是为了保证每个人的合法权益不受侵犯，不受损失。利之所在，岂非德之本源？

问：这样说，好像也有道理。

答：不是也有道理，而是很有道理。事实上，以利说义，恰恰正是墨家比儒家高明的地方，也是墨家比儒家深刻的地方。而且我认为，只有把这个道理说清楚、说透彻，道德的建设才有可能真正成功。这就是墨子的第一招——利害的计算，也就是讲清兼爱的好处。

问：那么，如果有人不在乎这好处呢？

答：墨子还有第二个办法。

墨子的三个办法，
两个不靠谱，一个有问题

问：墨子的第二个办法是什么？

答：鬼神的吓唬。

问：此话怎讲？

答：墨子告诉大家，我们这个世界上，是有鬼神的。鬼神无所不在，无所不至，无所不能。他们监督着人们的一言一行，尤其是统治者的所作所为。谁要是实行兼爱，做好事，神就奖赏他，让他走运；谁要是不兼爱，做坏事，鬼就惩罚他，叫他倒霉。所以，不兼爱，那是肯定不行的。

问：这一招管用吗？

答：不管用。

问：为什么不管用？

答：逻辑不通，办法不灵。墨子说，现在之所以天下大乱，就因为人们不信鬼神，不知道鬼神是能够"赏贤而罚暴"的。如果相信，怎么会这样乱？这话显然经不起推敲。比如警察，是要抓坏人的。难道因为犯罪分子不相信世界上有警察，警察就不抓他了？同样，世界上如果真有鬼神，它哪里会管你信不信？如果说墨子他们那个"鬼神"，是一定要别人相信才起作用的，那么请问，如果大家都不相信，这鬼神还能起作用吗？

问：哈！大约也只能防君子不防小人。

答：君子也未必防得了。有一次，墨子生病了，有个学生就来问他：先生怎么会生病？是先生的言行有什么不对，鬼神来惩罚呢，还是鬼神瞎了眼呢？

问：墨子怎么说？

答：墨子当然不承认自己不道德，但也不能承认鬼神瞎了眼，便说一个人生病的原因多得很。天气变化啦，工作太累啦，都会导致生病。这就好比一栋房子有一百个门，你只关了一扇，那贼从哪个门不能进来！这下好了，既然人的幸与不幸有上百个原因，鬼神的赏罚只是其中之一，那又有什么可怕呢？显然，兼爱不兼爱，鬼神管不了，还得人来管。

问：谁来管？

答：天子、国君、乡长、里长，各级领导。

问：他们就管得了吗？

答：墨子认为管得了。因为在墨子设计的国家和社会里，下级必须无条件服从上级。这在墨子那里，也有一个专有名词，叫"尚同"。

问："尚同"是什么意思？

答：尚就是上，尚同就是上同，也就是同上，即一切思想、观念和意见都必须统一于上级，最终统一于上天。这种统一是绝对的、没有价钱可讲的，叫做"上之所是，必皆是之；所非，必皆非之"。

问：也就是说，上级说对，下级也必须说对；上级说错，下级也必须说错？

答：是。每个人的意见，都必须与上级相同（尚同义其上），不能在下面乱说（毋有下比之心）。如果你能这样做，上级就会奖赏（上得则赏之），群众就会表扬（万民闻则誉之）。相反，如果勾结下级诽谤上级（下比而非其上），上级就要惩罚（上得则诛罚之），群众就要批判（万民闻则非毁之）。这就叫"尚同"。

问：那又怎么样？
答：就可以实行兼爱了。

问：为什么？

答：因为墨子的"尚同"，是一级一级实行的，我称之为"逐级尚同"。具体地说，就是先由里长统一村民的意见（一同其里之义），然后率领村民"尚同乎乡长"。乡长统一乡民的意见，然后率领乡民"尚同乎国君"。国君统一国民的意见，然后率领国民"尚同乎天子"。也就是说，村民听里长的，里长听乡长的，乡长听国君的，国君听天子的。这样一来，请你想想，按照这样一个系统去实行兼爱，会怎么样？

问：只要天子兼爱，国君就会兼爱；国君兼爱，乡长就会兼爱；乡长兼爱，里长就会兼爱；里长兼爱，村民就会兼爱。结果是普天之下都兼爱。对吧？

答：对！这就是墨子的第三个办法——君主的专政。

问：我看这个办法也未必管用。天子兼爱固然好，万一他不兼爱呢？天子不兼爱，国君就不兼爱；国君不兼爱，乡长就不兼爱；乡长不兼爱，里长就不兼爱；里长不兼爱，村民就不兼爱。结果是什么呢？岂非普天之下都不兼爱？

答：哈哈，墨子说这不可能。

问：为什么不可能？
答：因为天子肯定兼爱。

问：天子为什么就肯定兼爱？
答：因为不兼爱就不是天子，正如不"赏贤而罚暴"就不是鬼神。

问：这恐怕是一厢情愿想当然吧？当时的天子，还有那些国君、大夫、乡长、里长什么的，难道都是主张兼爱的？如果不是，墨子能把他们都撤换了吗？

答：当然不能。所以墨子的三个办法，两个不靠谱，一个有问题。

不要简单地分什么"左派""右派"， 左右是会相互转化的

问：鬼神的吓唬和君主的专政不靠谱，我能理解。利害的计算，怎么也有问题呢？

答：请你想想，墨子怎么说的？"爱人者，人必从而爱之；利人

者，人必从而利之。"也就是说，你爱别人，就会有很多人来爱你；你帮别人，就会有很多人来帮你。是不是这样？

问：是啊，这有什么问题吗？
答：当然有。因为这样一来，正如冯友兰先生所说，兼爱就"成了一种投资，一种为自己的社会保险"。兼爱者不但可以从中获利，还很可能"一本万利"。

问：这又有什么不妥呢？
答：在我们看来，当然没什么不妥。相反，一个爱别人、帮别人的人，也能得到别人的爱、别人的帮助，正说明这个社会是健康的。如果见义勇为、舍己救人的英雄们，不但要流血，还要流泪，那就反倒不对了。但是，在墨子这里，却有问题。

问：为什么在墨子这里就有问题？
答：因为墨子是主张超越性的。前面不是说了吗，孟子有道理，是因为抓住了道德的可能性。墨子有道理，则在于抓住了道德的超越性。在墨子看来，只有超越了人人都能做到的"亲亲之爱"，才真正达到了道德的境界。但是，当墨子大讲兼爱好处的时候，他究竟是超越了呢，还是没有超越呢？要知道，道德的超越性，最重要的就是超越功利呀！

问：这倒真是。在这个问题上，墨子怎么不讲超越性了？
答：而且，更有趣的是，孟子反倒大讲特讲。孟子的名言是什么？"何必曰利？亦有仁义而已矣。"仁义超越好处，道德超越功利，这不是讲超越性吗？

问：这确实很有意思。可能与超越，孟子选择可能性，墨子选择超越性。超越与功利，墨子选择功利性，孟子选择超越性。是不是这样？

答：正是。这就好比经济学，公平与效益是一对矛盾。有的经济学家主张公平优先，有的主张效益优先，这就形成了所谓"左派"和"右派"。但是，"左派"和"右派"，并不是绝对的。"左派"可能变成"右派"，"右派"也可能变成"左派"。主张公平优先的，在某个问题上也可能大讲效益；主张效益优先的，在某个问题上也可能大讲公平。所以，不要简单地把思想家分为"左派"和"右派"，左右是会相互转化的。

问：怎么会这样呢？

答：这也不奇怪。好比两个人，一个在南边，一个在北边，面对面走过去，交锋。结果怎么样呢？很可能是南边的跑到北边，北边的跑到了南边。

问：走着走着，就走到了自己的"反面"？

答：对，我称之为"走东门，进西屋；打左灯，向右转"。

问：会这样吗？

答：会呀！比方说，墨子是主张平等的。他认为，人人生而平等，没有亲疏远近高低贵贱之分。因此，对每个人、一切人，都应该平等地、无差别地爱。这就是"兼爱"。但墨子又同时主张"尚同",要求所有人都无条件地服从上级,而且最终只服从天子一个人。请问,这是平等呀,还是不平等?是"左"呀,还是"右"?

问:这还真不好说。

答:还有,墨子的立场,无疑是草根的、平民的、劳动人民的。为了替劳动人民争取权益,墨子著书立说,奔走呼号,率先垂范,身体力行,恨不得磨穿鞋底,磨破嘴皮。然而他的改革方案又是什么呢?君主专政,精英治国。

问:墨子主张精英治国吗?

答:主张。这个主张,在墨子的思想体系里面,也有一个专有名词,叫做"尚贤"。具体地说,就是由最圣明的人担任天子,次圣明的人担任国君,再次圣明的人担任乡长、里长,然后村民、乡民、国民,逐级"尚同"。村民意见分歧,里长统一不了,乡长说了算。乡民意见分歧,乡长统一不了,国君说了算。国民意见分歧,国君统一不了,天子说了算。天子,是最高的决策者和仲裁者。请问,这究竟是"草根政治"呀,还是"精英政治"?

问:这么说,墨子的思想,是自相矛盾的?

答:你看是自相矛盾,我看是逻辑必然。因为有一个问题墨子解决不了,那就是平等之后,人际关系如何规范,社会秩序怎样维持。

问:这个问题谁解决了?

答:法家。

问:儒家解决不了吗?

答:儒家怎么解决得了?儒家是主张不平等的。不过有趣的是,挺身而出维护民权,甚至认为民权高于君权的,却又是儒家的孟子。

问:这又是怎么回事?

答:我们下面再说。

八　从君权到民权

儒家只要讲到道德，就一定是双向的。讲忠讲孝的同时，也讲仁讲慈，叫"君仁，臣忠，父慈，子孝"。君仁与臣忠、父慈与子孝，虽不平等，却对等。

孟子认为，君主不合格，
人民就有权革命

问：上次你说，孟子挺身而出维护民权，甚至认为民权高于君权，是这样吗？

答：是啊！孟子的名言众所周知，"民为贵，社稷次之，君为轻"嘛！

问：说说而已吧？

答：不，真干。有一次，孟子问梁惠王——

问：梁惠王是谁？

答：就是魏惠王。因为他把国都迁到了大梁，所以又叫"梁惠王"。

问：梁惠王这个人怎么样？

答：很牛的。他的祖父是魏文侯，父亲是魏武侯。他自己继位以后，二十多年间是战国群雄中最强大的，因此第一个称王。

问：第一个称王的不是楚吗？

答：那是在春秋。战国第一个称王的是梁惠王。

问：梁惠王这么牛，孟子对他应该很客气吧？
答：很不客气。当然，开始的时候，梁惠王也不客气。孟子第一次去见梁惠王，梁惠王就大大咧咧地说：嗨，老头！大老远地跑来，打算给寡人的国家带来什么好处呀？

问：孟子怎么回答？
答：毫不客气，硬邦邦地就顶回去——"王！何必曰利？亦有仁义而已矣"。孟子还说，现在天下大乱，就因为诸侯、大夫、士人、庶人，都只想着对自己有好处。上上下下，争权夺利，岂有不乱之理？所以，再也不要讲功利、讲好处，要讲仁义、讲道德！

问：后来呢？
答：后来孟子就不停地教训梁惠王。

问：怎样教训？
答：设套儿，或者说启发式。孟子问梁惠王，用棍子杀人和用刀子杀人，有区别吗？梁惠王说没有。孟子又问，用刀子杀人和用政治杀人，有区别吗？梁惠王又说，也没有。接下来，孟子就给了梁惠王一个措手不及，说得他目瞪口呆。

问：孟子怎么说？
答：孟子说：那好，那我们就来看看大王的梁国。大王的梁国是什么样的呢？是统治者厨房里有肥肉，马厩里有骏马，老百姓却是脸上有菜色，野外有尸体。请问你这是什么？是率领野兽来吃人（*此率兽而食人*）！兽类相残，人类尚且厌恶；主持国家政治，却率领野兽吃人，又有什么资格"为民父母"？

问：没资格"为民父母"，又怎么样呢？
答：对不起，请你下台。

问：这话也是对梁惠王说的？
答：不，对齐宣王。有一次，孟子对齐宣王说，有一个人要出差，把老婆孩子托付给朋友。等他回来，却发现老婆孩子挨饿受冻。对这样的朋友，应该怎么办？齐宣王说，绝交（*弃之*）！

孟子又问，如果长官管不了部下，又该怎么办？齐宣王说，撤职（*已之*）！孟子再问，如果一个国家的政治搞不好，那又该怎么办呢？

问：齐宣王怎么说？
答：王顾左右而言他，把脑袋别到一边，看着随从们说别的去了。

问：哈，孟子还是没辙。
答：不，有辙。又一次，齐宣王向孟子问公卿的事。孟子说，有和王室同宗的公卿（*贵戚之卿*），有和王室不同宗族的公卿（*异姓之卿*），他们是不同的。如果是同宗的"贵戚之卿"，那么，君王有了大的过错，他们就要劝阻（*君有大过则谏*）。如果反复劝阻君王还不改，就废了他（*易位*）！

问：齐宣王吓坏了吧?

答：当时脸色就变了（王勃然变乎色）。孟子说：大王不必紧张，臣不过是实话实说罢了。宣王的脸色这才恢复正常，又问不同宗族的"异姓之卿"会怎么样。

问：孟子怎么回答？

答：孟子说，一样。他们的职责，也是"君有过则谏"。不同的是，如果反复劝阻君王还不改，就离开他（则去）！

问：哈哈，还是不要那不合格的君主！

答：对，只不过一种是抛弃他，让他去做孤家寡人；另一种是废了他，让他去做孤魂野鬼。实际上，孟子有一个主张，就是君主如果不合格，人民就有权革命。

问：孟子说过这话吗？

答：说过，也是对齐宣王说的。有一次，齐宣王问孟子，商汤作为夏桀的臣子，周武作为殷纣的臣子，怎么可以弑君呢？孟子说，破坏仁的叫做贼（贼仁者谓之贼），破坏义的叫做残（贼义者谓之残），贼仁残义的就叫做独夫（残贼之人谓之一夫）。我只听说过打倒了那个独夫殷纣，没听说过什么"弑君"。

问：孟子当真说了这话？

答：千真万确。他的这段话，就记录在《孟子》的《梁惠王下》。

作为"官方"改革者，
孟子是走得最远的

问：这有点奇怪。孟子，难道是主张民主制，反对君主制的？

答：不不不！孟子怎么可能反对君主制呢？他是维护君主制的。君主制的基本原则，比如君权神授、君主独尊，他都维护，都赞成。

问：你这样说，有证据吗？

答：有。孟子有个学生，叫万章。万章曾经问他，尧把天下给了舜，有这事吗？孟子说，天子不能把天下给人。万章问，但是舜得到了天下，谁给他的？孟子回答说"天与之"。这就是他主张"君权神授"的证据。

问：主张君主独尊的证据呢？

答："天无二日，民无二王"，这也是孟子的名言，虽然他说这话是孔子说的。所以，孟子和孔子一样，也是"官方"的人，至少在思想上是"官方"的。他也和孔子一样，主张在"官方"进行改革。只不过孟子比孔子走得更远。作为"官方"改革者，孟子可能是走得最远的。

问：孟子怎么就比孔子走得远呢？

答：孔子的改革主张是"正名"，也就是君要像个君，臣要像个臣，父要像个父，子要像个子。孟子却明确提出，君主不但要像个君的样子，而且如果不合格，就不能享受尊崇，人民也有权进行革命。

问：那么，君主要怎样才算合格呢？

答：也有三个要求。第一，要"关注民生，与民同乐"。孟子认为，一个君主，最起码要能保证国民安居乐业衣食无忧。如果像梁惠王那样，弄得"庖有肥肉，厩有肥马，民有饥色，野有饿莩"，在孟子看来就不合格。

问：怎样才算安居乐业衣食无忧？

答：也有可量化的考核指标。比方说，五十岁以上的人都可以穿上丝织的衣服（五十者可以衣帛），七十岁以上的都有肉吃（七十者可以食肉），老而无妻、老而无夫、老而无子、幼而无父的人（鳏、寡、独、孤），都能得到关心。这些都是硬指标，没有价钱好讲。

问：还有软指标吗？

答：有，"与民同乐"就是。孟子对齐宣王说，能够与民同乐，那就天下归心，那就是王道呀（与百姓同乐，则王矣）！

问：既然是"王道"，那就不是底线了吧？

答：对，是高标准严要求。底线，还是保证国民安居乐业衣食无忧。如果既能够关注民生，又能够与民同乐，那就是合格的君主。这是第一个条件。

问：第二个条件呢？

答：合格君主的第二个条件，是要"了解民意，尊重事实"。比方说，选拔官员，谁说了算？孟子说，身边的人都说好，不算（左右皆曰贤，未可也）；官员们都说好，也不算（诸大夫皆曰贤，未可也）；人民群众都说好，就可以考察了（国人皆曰贤，然后察之）；考察下来发现确实好，才任命（见贤焉，然后用之）。

问：知道了，既要听民意，又要讲事实，是不是？
答：对！罢免官员、处决罪犯也一样，一定要"国人皆曰不可，然后察之；见不可焉，然后去之"或"国人皆曰可杀，然后察之；见可杀焉，然后杀之"。只有这样，才"可以为民父母"，也才是合格的君主。

问：孟子的这个主张，相当科学，也相当了不起啊！
答：是很了不起，搁在今天都不过时。

问：还有第三个条件吗？
答：有。合格君主的第三个条件，是要"尊重民权，对等交流"。他的说法，是"君之视臣如手足，则臣视君如腹心；君之视臣如犬马，则臣视君如国人；君之视臣如土芥，则臣视君如寇仇"。也就是说，你把我当人，我也把你当人；你不把我放在眼里，我就把你当敌人，因为你根本就不是合格的君主。

问：好家伙，叫板呀？
答：当然，更多的还是"正面引导"。孟子对齐宣王说，以人民的快乐为快乐，人民也会以你的快乐为快乐（乐民之乐者，民亦乐其乐）；以人民的忧患为忧患，人民也会以你的忧患为忧患（忧民之忧者，民亦忧其忧）。苟能如此，岂有不为王之理？

问：这话我听着怎么耳熟呀？很像墨子说的话嘛！
答：墨子和孟子本来就像。

问：怎么走两岔了？
答：这个以后再说，现在还说孟子的三个条件。第一个条件，讲的是"民生"；第二个条件，讲的是"民意"；第三个条件，讲的是"民权"。民生、民意、民权，这三条加起来，就是"民本"。以民为本，是孟子最重要的思想，也是他最宝贵的思想。孟子走到这一步，真是很远了。

从君权到民权，其实是逻辑的必然

问：你这样说，我觉得真是很有意思。墨子原本是"民间"的，走着走着，却走向了"君主专政"。孟子原本是"官方"的，走着走着，却走向了"人民革命"。怎么会是这样？还有，孟子既主张"君主独尊"，又主张"以民为本"，这怎么统一呢？
答：我们先讨论第二个问题，行吗？

问：行，请讲！
答：前面说过，孟子的学生万章曾经问他的老师，说"舜有天下也，孰与之"？也就是说，舜是怎么得到天下最高领导权的？这个问题很严重,或者说很重大。

问:为什么很严重、很重大?
答:因为涉及政权的合法性。所谓"孰与之",用今天的话说,也就是"谁授权"。孟子答曰"天与之",就等于说是"天授权"。这就是"君权神授"了,所以我说孟子至少在思想上是"官方"的。但是这样一来,却又有了一个新的问题。

问:天是怎么授权的,对不对?
答:对。这个问题不讲清楚,"君权神授"就不能成立。实际上,万章已经把问题提出来了。万章问,天授权,是反复叮咛嘱咐了吗(天与之者,谆谆然命之乎)?这当然不可能。于是孟子说,天不会开口,它通过事实来说话(天不言,以行与事示之而已矣)。

问:怎么通过事实来说话?
答:天子做的每一件事,天也满意认可,老百姓也满意赞同,这就是天的授权,也就是天通过事实来说话。

问:请问,这到底是天的授权,还是人的授权?
答:孟子的说法是"天与之,人与之"。

问:双重授权?
答:对!这是孟子了不起的地方。表面上看,孟子的说法是双重授权,既是"天与之",也是"人与之"。但我们要知道,天是不说话的,也不可能给天子签一份授权书。所以,归根结底,还是人授权。这样一来,孟子就"明修栈道,暗度陈仓",把"君权神授"变成了"君权民授"。而且,他还是"和平过渡"。

问:这就为他的"民本思想"提供了理论依据?
答:正是如此。

问:那么,孟子的这个说法,是他自己的创造呢,还是有来历的呢?
答:据说也是有来历的,这就是《周书·泰誓》所谓"天视自我民视,天听自我民听"。也就是说,天没有眼睛,它以民众的眼睛为眼睛;天没有耳朵,它以民众的耳朵为耳朵。民众看见了什么,天就看见了什么;民众听见了什么,天就听见了什么。结果怎么样呢?

问:民众说好,天就说好;民众说不好,天就说不好。
答:对了。天既然通过民众来视听,那么,它当然会根据民众的意见来授权。民众说好,天就说好,也就授命;民众说不好,天就说不好,那就革命。显然,天意即民意。因此,君主的领导权,名为天授,实为民授。也因此,如果君主太不像话,人民就有权废了他。于是,孟子就逻辑地、必然地从"君权"走向了"民权"。

问:孟子走得这么远,那他还是儒家吗?
答:当然是。过去人们总认为,儒家是主张等级、维护君权、反对革命的。唯其如此,儒家思想才会成为统治阶级钦定的国家意识形态,成为他们维持统治的工具。其实这种说法并不一定准确、全面。

没错，儒家是维护君主制度，是维护等级制度。但是，儒家，尤其是先秦儒家，是既讲君权也讲民权，不讲平等却讲对等的。

问：什么叫"不讲平等却讲对等"？
答：就是不能单方面定规矩、提要求。比方说，你不能只要求臣民怎么着，不要求君主怎么样。所以，儒家只要讲到道德，就一定是双向的。讲忠讲孝的同时，也讲仁讲慈，叫"君仁，臣忠，父慈，子孝"。君仁与臣忠、父慈与子孝，虽不平等，却对等。

问：对等又怎么样呢？
答：那就不能只讲君权，不讲民权。而且，按照对等原则，如果君主居然"视臣如土芥"，那么，臣民就可以理所当然、理直气壮地"视君如寇仇"。

问：哈！你不仁，就休怪我不义？
答：是的。人民革命，也就顺理成章。

问：话虽这么说，我仍然认为孟子对孔子的思想是一种颠覆。孔子可是痛恨"犯上作乱"的。他极力主张孝悌，也是因为"其为人也孝弟（悌），而好犯上者，鲜矣；不好犯上，而好作乱者，未之有也"吧？
答：是的。所以孟子要"正名"，说革命不是"弑君"，是"诛一夫"。

问：何况按照对等原则，顶多也就是君权民权一样重，孟子却说"民为贵，社稷次之，君为轻"，也就是民权第一，政权第二，君权第三，这难道不是一种颠覆？

答：所以后世某些统治者不喜欢孟子，比如朱元璋。

问：就像他们不喜欢墨子？

答：不完全一样。实际上，墨子也越走越远了。

九　从平等到专制

　　墨子的理想过于美好。过于美好，就难以实现。难以实现，又要实现，就只能硬来。要硬来，就得集权。

墨子的主张，
名为"民主"，实为"专制"

问：你说孟子和墨子都是越走越远，此话怎讲？

答：孟子从君权走向了民权，墨子却由平等走向了专制，难道不都是越走越远？

问：墨子主张专制吗？不见得吧？我看墨子挺民主的。他认为，执政者必须广泛听取群众意见，包括对自己过错的批评，这难道还不民主？

答：表面上看，是这样。墨子确实要求执政者必须"得下之情"，也说过"上有过则规谏之"的话。但是，我们不能根据只言片语就下结论。顺便说一句，抓住只言片语就做文章，是咱们学术界（也包括界外）一些人的毛病。许多无谓的笔墨官司，就是这样打起来的。

问：那应该怎么样？

答：对墨子的这些话，至少要问四个问题——为什么、干什么、怎样能、怎么办。弄清楚了这四个问题，我们才能知道墨子的"广泛听取群众意见"，究竟是民主还是专制。

问：那好。请问，为什么要求执政者听意见呢？

答：墨子讲得很清楚——"上之为政，得下之情则治，不得下之情则乱"。可见广泛听取群众意见，归根结底是为了维护自己的统治。

问：你这样说，有点愣往人家头上扣屎盆子。"上之为政"怎么就一定是统治呢？就不能理解为"领导"或者"管理"吗？再说了，"得下之情则治，不得下之情则乱"，又有什么不对呢？不管是谁执政，恐怕都要了解社情民意吧？难道只有专制政府需要体察下情，民主政府反倒是不需要的？

答：这就要看第二个问题——了解社情民意干什么。干什么呢？墨子说，是为了知道哪些人做了好事，哪些人做了坏事（明于民之善非）。知道这些，又是为了干什么呢？是为了奖励和惩罚，叫做"得善人而赏之，得暴人而罚之"。说到底，还是为了维护统治。

问：这也说不通。扬善惩恶，有什么不对？难道民主政府就不扬善惩恶？就连企业管理，也得奖勤罚懒吧？

答：但你得承认，这里面并没有广泛征求意见的要求。墨子的"得下之情则治，不得下之情则乱"，与决策民主无关，也没有让人民群众参政议政的意思。

问：好，我承认。说第三个问题吧！

答：第三个问题，是怎样才能了解社情民意。这个问题，墨子自己是问过的，叫做"得下之情将奈何可"。

问：那墨子认为怎样才可以？

答：他自己的回答，是"唯能以尚同一义为政，然后可矣"。这话翻译过来，就是"只有向上统一于一种意见，这才可以"。也就是说，上级了解情况，下级反映意见，都必须也只能根据上级的意见、想法来进行。这个问题可就大了。情况好一点，是上级想了解什么问题，就反映什么问题。糟一点，只怕就是上级想听到什么说法，就说什么。

问：这确实有问题。

答：更糟糕的还在后面，这就是领导听了意见以后怎么办。我们知道，群众的意见，是很难一致的。人多嘴杂，众说纷纭，叽叽喳喳，七嘴八舌，怎么办？

问：墨子说怎么办？

答：一切听领导的，叫做"上之所是，必皆是之；所非，必皆非之"。请注意墨子的说法，前面是"唯能"，此处是"必皆"，都没有价钱可讲。

问：这也没有什么不对，民主也要集中嘛！

答：问题是怎么集中，由谁集中。墨子的主张，前面已经说过，就是村民意见分歧，听里长的；里长统一不了，听乡长的；乡长统一不了，听国君的；国君统一不了，听天子的。（请参看第七章"走东门，进西屋；打左灯，向右转"）也就是说，群众服从领导，下级服从上级，天下人都服从天子。所以我说，墨子的主张，实为"专制"。

问：专制独裁，就用不着这样广泛征求意见吧？

答：专制也有多种。墨子这种，是"开明专制"。至于他的"独裁"，则无妨称之为"高明独裁"，因为是先听意见再做决定。这当然比刚愎自用、一意孤行好多了，也比拍着脑袋瞎指挥好多了。

问：就不能是民主吗？

答：不要以为让人说话、多听意见就是民主。民主首先是权利，而不是义务。但是你看看墨子的主张，群众提意见是权利呢，还是义务？是义务。墨子规定，但凡听到好人好事或坏人坏事不向上级报告的（闻见善，不以告其上；闻见不善，亦不以告其上），上级做出了判断不跟着说对说错的（上之所是不能是，上之所非不能非），甚至上级有了过错不能批评的（上有过，不能规谏之），一旦发现，就要惩罚（上得则诛罚之），就要批斗（万民闻则非毁之）。请问，这难道也是民主？如果是，这种"民主"岂不是太恐怖了吗？

问：是够恐怖的。

答：实话告诉你，这还不是最恐怖的。

建设"人间天堂"的结果，可能是"人间地狱"

问：更恐怖的是什么？

答：极权统治、神权统治、特务统治。

问：不会吧？

答：那我分析给你听。前面说过，按照墨子的设计，理想社会的结构是分层分级的。最底层，是广大民众。民众的上面，是他们必须绝对服从的里长。里长上面，是必须绝对服从的乡长。乡长上面，是必须绝对服从的国君。国君上面，是必须绝对服从的天子。所有的人，最终都必须听天子一个人的，是不是？

问：是啊，这又有什么问题？

答：天下万民，各级领导，凭什么都必须绝对服从天子呢？这里面，岂不是也有一个"政权的合法性"问题？至少，我们也该问问，天子凭什么就可以"说一不二"吧？

问：这个问题呀，墨子其实已经说过了，就因为天子是最圣明的。何况他还选择了次圣明的人担任国君，国君又选择了再次圣明的人担任乡长、里长。他们都是贤良圣明的。村民、乡民、国民，当然要"逐级尚同"，唯上级马首是瞻了。

答：那么，天子又为什么就肯定最圣明呢？

问：这一点，墨子也说清楚了。正是为了"一同天下之义"，才"选择天下贤良、圣知、辩慧之人，立以为天子"嘛！天子如果不是最圣明的，怎么会选他？

答：就算是吧！那么请问，那个最圣明的天子究竟是怎么选出来的？民选？官选？还是天选？墨子可没说。依我看，民选和官选都不大可能，因为既没有选举办法，又没有选举程序。我们也不知道，如果是民选或者官选,究竟是直接选举,还是开代表大会?再说了,如果是民选或官选,又怎么保证那选出来的天子,就一定是天下最圣明的?

问:看来还是天选。
答:也只能是天选。

问:天选又有什么问题?
答:怎么选。这个最圣明的天子,老天爷是怎么选出来的?

问:天的事情,谁知道?天机不可泄露吧!
答:那好,我再问,老天爷选出来以后,怎么告诉天下人的呢?派天使送信?还是空降一份"上岗证"?万章曾经问孟子,天授权,是反复叮咛嘱咐了吗(**天与之者,谆谆然命之乎**)?同样的问题,我们难道不该问问墨子?

问:墨子也可以像孟子那样说,天通过事实来说话(**以行与事示之而已矣**)嘛!
答:这就是说,天子必须表现出自己的圣明,而且是天下最圣明,对不对?

问:对呀!有问题吗?
答:没问题,墨子就是这么说的。墨子说,天子肯定是最圣明的。他神通广大,明察秋毫,洞悉一切。一个村民,做了好事或坏事，家里人不全知道（其室人未遍知），乡里人也不全知道（乡里未遍闻），天子却清清楚楚，直接下令或赏或罚。结果呢？普天之下的人民，都战战兢兢，不敢为非作歹（举天下之人，皆恐惧、振动、惕栗，不敢为淫暴）；也都诚惶诚恐，拜倒在天子脚下，说我们的天子真是太神了（天子之视听也神）！这不奇怪吗？

问：是奇怪！家里人和乡里人都不全知道的事，天子怎么知道的？

答：也有两种可能。一种是装神弄鬼，这就是"神权统治"。还有一种情况，就是有人告诉他。墨子自己的解释，是后一种。他说，天子其实也不是神。天子能够无所不知，是因为"使人之耳目助己视听"，也就是有人通风报信。这实在很可怕。

问：有人告诉他，怎么就可怕呢？

答：请问，是谁通风报信，是谁告诉他的？要知道，前面说的这些事，可是"其室人未遍知，乡里未遍闻"的。群众自己都不知道，怎么会去说？这就只有一种可能：天子安排了特务。请大家想想，这岂不可怕？

问：也不一定有特务吧？一个村民做了好事或坏事，并不是家里人和乡里人"都不知道"，而是"未遍知""未遍闻"，也有个别知道的。他们就不能告诉天子吗？

答：你的意思是说，某个知情村民自觉自愿告诉天子的？

问：不可以吗？

答：你要知道，天子可是无所不知，无所不闻，什么事情都清清楚楚的。

问：这也没有什么不可能，无非是天下臣民无论发现了什么情况，也无论是什么人发现的，都自觉自愿告诉天子呗！那又怎么样？
答：那就更可怕了。

问：怎么就更可怕了呢？
答：因为普天之下都是特务。一个普天之下都是特务，或者处处都安排了特务，或者人人都以特务为己任的社会，是和谐社会吗？一个实行极权统治、神权统治、特务统治的社会，是美好社会吗？由此可见，在人间建设天堂的主张，一旦实施，建设出来的可能是"人间地狱"。所以我说，墨子的"救市方案"，不但最不管用，也最用不得。

理想应该也可以实施，
但不能强加于人，更不能强制推行

问：这样看来，墨子确实走向了自己的反面，而且越走越远。他的本来愿望，是要建设一个美好的社会，实现社会的公平与正义，实现人与人之间的完全平等，实现天下人的共同幸福，结果却走向了极权统治、神权统治和特务统治。这可真是南辕北辙。
答：这事也得说说清楚。墨子并没有，恐怕也不可能主张专制、主张极权。只不过，如果照他那一套来，完全可能导致这种结果。

问：问题是何以如此？

答：原因之一，就是墨子的理想过于美好。过于美好，就难以实现。难以实现，又要实现，就只能硬来。要硬来，就得集权。这就走向了极权统治。为了保证集权，就必须装神弄鬼，也必须安排耳目，这就又整出了神权统治和特务统治。

问：照你这么说，我们不该有美好的理想？

答：不是不该有，而是不该急。理想之所以是理想，就在于它不是现实，而且离现实比较远。近，就不是理想，而是目标了。因此，理想的实现，要有步骤，要有阶段，要有可操作的方案，还只能做多少是多少，不能指望一步到位，更不能动用非常手段硬来。

问：墨子硬来吗？

答：有那么一点意思。墨子是一个身体力行的思想家。他留下的思想文化遗产之一，就是实践精神。比方说，墨子是反对侵略战争的。但是墨子的"反战"，并不只是说说而已，而是当真去做。因此，当他听说楚国准备攻打宋国时，就立即动身，走了十天十夜的路赶到郢都，阻止了这场侵略战争，也实践了他的反战主张。

问：这又怎么样呢？

答：主张实践，又志向极大，这就形成了墨子独特的风格——不由分说，雷厉风行，说一不二。这种风格，对于思想家来说，倒是有利有弊。

问：有什么利弊呢？

答：弊端就是难免失之武断，甚至不讲道理。比如他说，天子肯定是最圣明的，不圣明就不会是天子，就未免有点蛮不讲理。又比如他说，主张兼，就会爱，主张别，就会恨，也未免有点走极端。但是，事物总是有两面性。思想家的这种武断、霸道、盛气凌人，有时候却又是他的魅力所在。墨子、孟子，都有这个特点。他们给人的感觉，是很"爷们"，很"汉子"。这当然有魅力。相反，尽管大家都认为，一个学者，一个思想家，应该客观、公允、严谨、不偏不倚，但如果严谨到谨小慎微，客观到没有立场，公允到变成老好人时，那就是"面瓜"了。面，是不会有吸引力的。面瓜的思想，也是不会有影响力的。所以我们只能说，作为思想家，墨子的这种风格有利有弊。

问：问题在于他还是实践者？

答：对，而且有组织。更糟糕的是，墨家学派还是一个有武装的"准军事组织"。从墨子开始，这个团体就有一个最高领袖，叫"巨子"。巨子具有双重身份，既是导师，又是首领，对自己的弟子有生杀予夺之权。巨子的学生叫"墨者"，也都忠心耿耿，训练有素。只要巨子一声令下，跳进火海里，走到刀山上，都不怕，叫"赴火蹈刃"。让他们去送死，脚后跟都不会转一下，迎着死亡就上去了，叫"死不旋踵"。

问：哎呀我的妈，他的组织有点可怕呀？

答：墨子在世的时候倒不是，因为墨子本人心地善良道德高尚，又坚守"只防御不进攻"的底线，绝不滥杀无辜。但谁能保证以后不会？所以我说，墨子本人，是不可怕的。他的主张，却是可怕的。他的组织，也是可怕的。同时我们也要庆幸，幸亏墨子只是"民间思想家"，手上没有"公权力"，否则后果不堪设想。

问：难怪你要说，建设"人间天堂"的结果，可能是"人间地狱"。如此说来，理想是只能存在心中，不能实施的？

答：当然可以实施，也应该实施。不实施，理想岂不就变成空想了？但是，你不能强加于人，更不能强制推行。实际上，有理想的并非只有墨家。儒家、道家，甚至法家，也都有理想。只不过，法家有理想，却没有"理想主义"；儒家和道家有"理想主义"，但不"强制推行"。结果，他们反倒比墨家思想更能产生影响。

问：如果单单作为理想来看待，墨子的思想是不是值得肯定呢？

答：墨子追求的公平与正义，还有他主张的平等、互利和博爱，都永远值得肯定。这是墨子留下的宝贵的思想文化遗产。但必须补充一点——墨子的理想也不是完美无缺的。实际上，他的思想中缺少了极其重要的一个内容。

问：什么内容？

答：个人的权利与尊严。在墨子的整个思想体系中，没有个人的任何地位。这也是墨子最终从平等走向专制的原因之一。

问：那么，先秦诸子中，有人讲这个吗？
答：有啊，杨朱就是。

问：就是和墨子齐名，也被孟子痛骂的杨朱吗？
答：正是他。

十　一毛不拔救天下

千里之堤,溃于蚁穴;口子一开,不可收拾。所以,为了保住脑袋,就必须"一毛不拔"。

只有人人"一毛不拔",世界才有救

问:如果我没有记错的话,杨朱的主张,好像是"一毛不拔"吧?
答:没错,这正是杨朱的观点,也正是他的"救市"主张。而且,在杨朱看来,只有人人"一毛不拔",天下才能大治,也才叫大治。

问:一毛不拔救天下?
答:对!所以,作为儒家的反对派,墨子和杨朱,刚好一左一右。墨子是"左派",杨朱是"右派"。墨子是为了"兴天下之利,除天下之害",风里来雨里去,晴天一身汗,雨天一身泥,恨不得腿上的毛都磨光了;杨朱,却是拔他一根毫毛,都不可以。

问:一个是"一毛不留",一个是"一毛不拔"?
答:一个是"毫不利己",一个是"毫不利人"。

问:刚好相反?
答:观点相反,命运相同。起先,都是大红大紫,风靡一时,名满天下。后来呢?又都一落千丈,灰不溜秋,几乎销声匿迹。只不过,杨朱比墨子更惨。他的生平事迹几无留痕,思想学说也仅剩只言片语,七零八落地散见于《孟子》《庄子》《韩非子》《吕氏春秋》和

《列子》,是真是假都不清楚。这简直就是"人间蒸发",莫名其妙就失踪了。

问:怎么会这样大起大落?

答:也只能说明,墨子和杨朱的思想,必有深刻独到之处。唯其深刻独到,才会惊世骇俗,引起强烈反响。同样,唯其深刻独到,才很难被人理解或者接受,终至悄无声息。

问:墨子和杨朱,有什么深刻独到之处?

答:墨子的深刻独到之处,是提出了社会的公平与正义;杨朱的深刻独到之处,则是提出了个人的权利与尊严。这两条,都很了不起,也都很"超前"。这就不容易真正被人接受,也就只能轰动一时。只不过杨朱的思想,又更难被人理解一些。

问:杨朱的思想,怎么又更难被人理解呢?

答:因为墨子的思想比较容易引起积极的反应。毫不利己,大公无私,怎么理解都是正面的。杨朱的话就太难听。什么"拔一毛而利天下不为也",什么"不以天下大利易其胫一毛"。为了整个天下,只在小腿上拔一根毫毛,都不肯干,这不是太自私了吗?

问:难道不是吗?

答:不是,至少杨朱不是这个意思。实际上,杨朱的思想是被曲解了,杨朱本人也被妖魔化了。你想啊,事情如果就这么简单,杨朱的思想能风靡天下吗?

问:那好,你说杨朱的思想到底是怎么回事?

答:这就要弄清楚杨朱为什么主张"一毛不拔"。其实,这个问题,杨朱和他的学生孟孙阳,曾经跟墨子的学生禽滑釐讨论过。不过,话要讲清楚,杨朱没有留下著作。现在能够看到的杨朱言论,主要集中在《列子》一书的《杨朱》篇,这次讨论的记录也是。

问:这有什么问题吗?

答:学术界不少人认为《列子》是"伪书",当然也有人认为是真的。其实就算是"真书",那也不是《杨子》。我们不能保证《列子》中的"杨朱",就是历史上那个杨朱。

问:我看你是严谨过头了。就算这些话不是战国初年那个杨朱说的,也总是某个人说的吧?只要他说得有道理,管他到底是谁呢!再说了,即便《列子》是"伪书",既然能名之曰"杨朱",总多少有点影儿吧?只要"一毛不拔"的意思是一样的,又有什么关系呢?

答:我同意你的说法。

问:那么请问,禽滑釐怎么和杨朱、孟孙阳讨论?

答:禽滑釐问杨朱,拔先生一根毫毛,来拯救天下世道(去子体之一毛以济一世),先生愿意吗?杨朱说,世道可不是一根毫毛就能够拯救的(世固非一毛之所济)。禽子说,如果可以,愿意吗(假济,为之乎)?

问:杨朱怎么说?

答：杨朱不理睬他。

问：禽滑釐怎么办？

答：也只好退了出来。出门以后，禽滑釐就把这事告诉了杨朱的学生孟孙阳。孟孙阳说：你们是不懂先生的用心啊（子不达夫子之心）！还是让我来替先生说吧！请问，如果有人提出，痛打你一顿，给你一万金，你干吗？禽滑釐说，干！孟孙阳又问：砍断你一条腿，给你一个国家，干吗？

问：禽滑釐怎么说？

答：禽滑釐不说话。于是孟孙阳说，的确，与肌肤相比，毫毛是微不足道的；与肢体相比，肌肤又是微不足道的。这个道理，谁都明白。但是，没有毫毛，就没有肌肤；没有肌肤，就没有肢体。一根毫毛固然只是身体中的万分之一，但是，难道因为它小，就可以不当回事吗（奈何轻之乎）？

问：孟孙阳这话能代表杨朱吗？
答：我认为能够代表，而且意义深刻。

杨朱的主张，
是中国历史上第一份"人权宣言"

问：孟孙阳的话，有什么意义呢？

答：有三个意义。第一，口子不能乱开。请你想想，孟孙阳问禽滑釐，拿一条腿换一个国家行不行，禽滑釐为什么不回答？

问：因为他很清楚，下面的问题，就是砍掉你的脑袋给你整个天下，干不干？

答：对！所以禽滑釐不说话。那好，脑袋不能砍，腿就能剁吗？不能。腿不能剁，肉就能挖吗？不能。肉不能挖，皮就能撕吗？也不能。皮不能撕，毛就能拔吗？

问：照理说，也不能。

答：正是。你今天可以拔一根毛，明天就能撕一片皮；今天可以挖一块肉，明天就能剁一条腿；今天可以伤害身体，明天就能杀人或者自杀。千里之堤，溃于蚁穴；口子一开，不可收拾。所以，为了保住脑袋，就必须"一毛不拔"。

问：有道理！第二个意义呢？

答：第二，局部不可小看。没错，整体利益确实大于局部利益。所以就连孟孙阳，也说"一毛微于肌肤，肌肤微于一节，省矣"。但这绝不意味着局部利益就不是利益，就可以不当回事，随便牺牲。

问：为什么？

答：因为整体不过局部之和。你不把局部利益当回事，今天牺牲一个，明天牺牲一个，最后整体利益也没有了。不要说什么"大河不满小河干"，实际上是长江、黄河都由涓涓细流汇集而成。所有的泉水、溪流、小河都干了,长江、黄河还有水吗?

问:没有。这么说,正确的说法,应该是"小河不满大河干"?

答:对。不过,事情还有另一面,那就是"锅里没有碗里也没有"。这话也是对的。但是,这绝不意味着要大家把"碗里的"都倒回"锅里"。倒回去,又有什么意义呢?要知道,"锅里有"的目的,就是为了让大家"碗里有"呀!

问:所以,局部利益还是很重要的?

答:个人利益也很重要。所有的局部利益都牺牲了,还有整体利益吗?所有的个人利益都牺牲了,还有国家利益吗?没错,个人之于天下,或许有如毫毛之于肢体;正如局部之于整体,有如四肢之于全身。而且,在当时的情况下,绝大多数普普通通的个人,也许都只能称之为"小民"。但是,难道因为是"个人",就不是人吗?难道因为他们小,就可以不当回事吗?小民也是人,小民的生命也是生命。只要是生命,就要尊重,就要珍惜,哪怕他轻如毫毛。因此,谁要把我们这些小民当作毫毛,随随便便就拔了,对不起,不干!

问:但是,为了全局、整体、国家、天下,个人和局部,难道就不能或者不该做出牺牲吗?比方说,为了救命,有时候不也得做截肢手术吗?

答:请注意,那是为了救命。不是万不得已,你愿意截肢吗?

问:那好。请问,拯救天下,是不是相当于救命呢?如果是为了拯救天下，个人能不能就做点牺牲呢？何况人家的要求并不高，只不过拔一根毫毛，怎么也不行呢？

答：哈哈！杨朱早就知道会有此一问，因此他对禽滑釐说"世固非一毛之所济"。是啊，哪有只拔一根毫毛，就能拯救整个天下的呢？因此，所谓"拔一毛而利天下"，说穿了不过是下圈套，忽悠人的。

问：怎么忽悠人？
答：先哄骗民众献出一根毫毛，再哄骗民众献出肌肤和肢体，最后哄骗民众献出生命。因此，对付的办法，就是把话说透——别说要我的命，就算只要一根毫毛，也不给。

问：谁忽悠民众？出于什么目的？
答：当时的统治者，忽悠民众牺牲自己的个人利益，满足他们的个人利益。

问：是这样吗？
答：是的。要知道，杨朱不但说过"损一毫利天下不与也"，还说过"悉天下奉一身不取也"，而且这两句话是连在一起的。

问：什么叫"悉天下奉一身"？
答：就是牺牲整个社会，来满足极少数个人。这些"极少数个人"，在当时只可能是统治者。也就是说，当时的情况，不但是要求小民们牺牲个人（损一毫），而且牺牲个人的结果，竟不过是牺牲整个社会（悉天下），来满足另一些极少数的个人（奉一身），这才叫"极端自私"！问题是，这种极端自私的行为，却又是打着"大公无私"（利天下）的旗号来进行的。因此，为了矫枉，只好过正。为了否定"悉天下奉一身"，只好连"损一毫利天下"也一并否定。换句话说，你想"损人利己"吗？对不起，我"一毛不拔"！

问：明白了。杨朱的"一毛不拔"，其实是在捍卫普通民众的利益。
答：这就是杨朱学派思想的第三个意义：别把小民不当人。说得再明白一点，就是不要动不动就以"国家天下"的名义，任意侵犯和剥夺人民群众个人的权利。

问：这个思想真是太了不起了！
答：是的。杨朱的"一毛不拔"，甚至可以看作中国历史上的第一份"人权宣言"。

实现"天下为公"，
不能以牺牲个人利益为代价

问：不过，我还是有个问题。
答：请问！

问：如果杨朱没说"悉天下奉一身不取也"，他的思想还值得肯定吗？
答：当然。

问：那么，他主张的"毫不利人"，难道就没有自私之嫌吗？

答：表面上自私，实际上无私。

问：此话怎讲？

答：第一，杨朱虽然"毫不利人"，却也"毫不损人"。不但不"损人"，就连"损物"，都反对。杨朱说，智慧之所以可贵，就因为保护自己；武力之所以可鄙，就因为侵犯别人，包括侵犯小动物和自然界（智之所贵，存我为贵；力之所贱，侵物为贱）。这意思再清楚不过——杨朱反对一切侵犯和占有！这能说是"自私自利"吗？

问：第二呢？

答：第二，杨朱虽然"一毛不拔"，却并非只为自己，而是主张所有的人都不拔。你也"一毛不拔"，我也"一毛不拔"，大家都"一毛不拔"，这至少也是平等。

问：哈！杨朱和墨子一样，也讲平等？

答：也讲。只不过墨子是平等地"无私奉献"，杨朱是平等地"一毛不拔"。

问：你更赞成谁？

答：我更赞成杨朱。

问：为什么？

答：因为杨朱的平等更彻底。他不但主张人与人应该平等，还主张个人与社会也应该平等。在他看来，牺牲个人来满足社会（损一毫利天下），不对；牺牲社会来满足个人（悉天下奉一身），也不对。社会与个人，谁也不能损害谁。

问：所以，杨朱绝不会损害别人，也不会损害社会？
答：他连自然界和小动物都不愿意损害，怎么会损害别人，损害社会？同样，他也不会侵犯别人，占有别人的财产。这种占有，在杨朱那里，也有一个专有名词，叫"横私"。横，就是蛮横；私，就是私有。蛮横地私自占有，这就是"霸占"。这是杨朱坚决反对的。

问：杨朱为什么这样主张？
答：因为在他看来，自然、社会、他人，都不是自己的。不但动物和自然物不是（物非我有也），就连自己的生命和身体，也原本不是（身非我有也）。只不过，既然已经有了生命，有了身体，就只能保全它（既生，不得不全之），也只能利用动物和自然（既有，不得而去之）。但是，你不能认为这就是你该得的，不能蛮不讲理地占有它。如果蛮不讲理地占有它，用杨朱的话说，就叫"横私天下之身，横私天下之物"。

问：身体、财产、物质，不是我们的，那是谁的？
答：天下的。或者说，自然界和全社会的。

问：不能私自占有，又该怎么办？
答：还给社会，还给自然，还给世界，叫做"公天下之身，公天下之物"，也就是把原本属于天下的，重新变成全世界、全社会、普天之下的共同所有。

问：天下为公？
答：正是。在杨朱看来，这是道德的最高境界，只有道德完善的"至人"才能做到。

问：主张"一毛不拔"的杨朱，也主张"天下为公"？
答：对。而且，杨朱的"天下"范围更大，不仅包括全人类，还包括自然界和小动物。这就比墨子还要彻底。他的"一毛不拔"也一样。全人类、全世界，统统都"一毛不拔"。

问：难道杨朱的主张，竟然是既要"天下为公"，又要"一毛不拔"？
答：这才是对杨朱思想完整而全面的表述。

问：这怎么可能呢？
答：是不大可能，是很难做到。杨朱思想最终难以被人接受，原因之一就在这里。然而杨朱的深刻之处，却也在这里。这就是——实现"天下为公"的社会理想，不能以牺牲每个人的个人利益为代价。因为"天下人的幸福"，是由每个人的幸福构成的，是天下所有人幸福的总和。如果每个人都不幸福，却说天下人是幸福的，这种幸福，靠得住吗？如果说为了天下人的幸福，必须每个人都不幸福，都做牺牲，这样的"幸福"，又要它干什么？

问：对不起，我还是有些想不通。难道"无私奉献"是不对的？

答：无私奉献当然崇高而伟大。作为个人，你完全可以这样做。如果你真诚地这么做了，我将向你表示崇高的敬意。但是，如果你因此而要求别人，要求所有人都这么做，那我们就只能说，对不起，你不能这么要求，也没有权力这么要求。或者说，你可以提倡，不能强迫。因为一旦强迫，就违背了追求全人类共同幸福的初衷。相反，只有每个人的生命都不受伤害，每个人的利益都不受损害，天下才能大治，也才叫大治，这就叫"人人不损一毫，人人不利天下，天下治矣"。

问：这是杨朱的观点？
答：也是老子和庄子的观点。

十一　这世界该交给谁

拯救天下的最佳方式,就是每个人自己救自己,通过救自己来救天下。

最好的天下，是不需要拯救和寄托的

问：前面你说，杨朱认为，如果"人人不损一毫，人人不利天下"，则"天下治矣"，老子和庄子也赞成，请问是这样吗？

答：是。

问：为什么赞成？

答：因为在道家看来，最好的天下，是不需要拯救和寄托的。既然不需要拯救，不需要寄托，当然可以"人人不损一毫，人人不利天下"。

问：最好的天下，不需要拯救和寄托？

答：是，至少庄子说得很明确。有个成语，叫"相濡以沫"，肯定知道吧？

问：中国人都知道。

答：这个中国人都知道的成语，就出自《庄子》一书，《大宗师》篇和《天运》篇都讲了。庄子说，泉水干了，鱼儿们一齐被困在陆地上。为了生存下去，它们相互吐出湿气让对方呼吸，这就是"相呴以湿"；相互吐出唾沫让对方滋润，这就是"相濡以沫"。

问:这不是很感人吗?

答:是很感人。事实上,相濡以沫,一直被视为我们民族的传统美德,庄子对此显然也并不否定,他也是肯定的。只不过在他看来,这并非人类社会的最高境界。也就是说,"相濡以沫"是很好,但不是最好。

问:为什么?

答:请你想想,鱼儿们为什么要"相呴以湿,相濡以沫"?困在陆地上了呗!为什么被困在陆地上?泉水干了呗!由此可见,相濡以沫的前提,是"泉涸,鱼相与处于陆"。那么,泉水不干,鱼儿们永远生活在水中,岂不更好?

问:这倒也是。

答:所以我曾经说,我无比敬重见义勇为的人,但绝不希望人人都成为这样的英雄。因为一旦有见义勇为,就同时意味着或者有灾难,或者有犯罪。这是第一点。

问:第二呢?

答:再请你想想,鱼儿们这样相互用湿气呼吸,相互用唾沫滋润,救得了对方吗?

问:救不了。

答:救得了自己吗?

问：更救不了。

答：既救不了别人，又救不了自己，又有多好呢？

问：话不能这么说吧？你这样说，不觉得太势利、太功利了吗？没错，相呴以湿，相濡以沫，可能是既救不了对方，又救不了自己。但是，明明知道救不了，还要尽力去救，这样一种精神，难道不值得我们敬重吗？

答：是很值得敬重。但在敬重之余，你难道不觉得心酸？请你想一想，困在陆地上的鱼，就算把所有的唾液都吐出来，又能有多少呢？我家屋檐下，曾经有一个鸟巢，里面有几只出生不久的小鸟。有一天，鸟爸爸和鸟妈妈出去觅食没有回来，天却突然变了，狂风大作，暴雨倾盆。那个鸟巢，真的是"风雨飘摇"。这几只没有抵御能力的小鸟，就只能紧紧地偎依在一起，相互遮蔽温暖，让人看了十分心酸。

问：你救它们了吗？

答：救不了。我们尝试过，发现只会坏事——或者会把鸟巢撞落，或者会把小鸟吓跑。那可是高空啊！

问：也只能眼睁睁地看着它们"叫天天不应，哭地地不灵"？

答：是啊！那种无望、无助和无奈，过目不忘。

问：但是，正因为小鸟们的紧紧偎依，或者鱼儿们的相濡以沫，可能于事无补，这才特别感人，甚至让人肃然起敬吧？

答：没错，正是这样。的确，作为个体，能够在困境之中以微弱的力量相互救助，这实在是很崇高，很悲壮，也无疑给那无望的世界平添了希望的亮色。但是，一个社会，如果把每个个体都逼到这个份儿上，难道还是一个好的社会，或者说是社会的最佳状态吗？

问：那你说社会的最佳状态是什么？
答：人人不损一毫，人人不利天下，每个人都不需要救助别人，也不需要别人救助。

问：为什么这就最好？
答：因为这意味着天天风和日丽，小鸟不会面临覆巢之灾；泉水永远不干，鱼儿不会困于陆地。唯其如此，庄子才说，"相呴以湿，相濡以沫"固然好，却"不如相忘于江湖"。

问：问题是，这可能吗？
答：是很困难。没有人祸，还有天灾么！因此，我们仍必须高度肯定相濡以沫，肯定见义勇为。只不过，在老子和庄子看来，我们这个世界即便要拯救，要寄托，也只能托付给杨朱那样"一毛不拔"的人，由他们来拯救天下。

问：老子和庄子说了这话吗？
答：说了，而且说得很明确。

把自己看得比天下还重，
就可以托付天下

问：老子和庄子怎么说？

答：老子的说法，是"贵以身为天下，若可寄天下；爱以身为天下，若可托天下"。庄子的说法，是"贵以身于为天下，则可以托天下；爱以身于为天下，则可以寄天下"。这两个说法，几乎如出一辙，意思都一样。

问：什么意思？

答：重视自己超过重视天下，爱护自己超过爱护天下，就可以把天下托付给他。

问：有没有搞错？可以托付天下的，难道是把自己看得比天下还重的"自私鬼"，不是那些"先天下之忧而忧，后天下之乐而乐"的仁人志士？

答：后世所谓"先天下之忧而忧，后天下之乐而乐"，包括两个内容，一是先天下后个人，二是先忧患后安乐。从周公到孔孟，都这样主张，也都认为只有这样的人，才可以托付天下。所以，这是儒家的观点，不是道家的思想，也不符合道家的思维方式。

问：道家的思维方式是怎样的？

答：逆向思维，反过来想问题，也反过来说，老子谓之"正言若反"。这样一种"反向思维"或"逆向思维"，在《老子》一书中比比皆是。比如"明道若昧，进道若退"，"上德若谷，大白若辱"。也就是说，光明的道好像幽暗不明，前进的道就像在倒退；崇高的德好似卑下的山谷，最纯洁的心灵好似含垢的样子。按照这个逻辑，当然越是重视爱护自己，就越是可以托付天下。

问：我们也不能只顺着老子的逻辑来，还得看有没有道理吧？
答：我看有道理。不但有道理，而且很有道理。

问：有什么道理？
答：天下者，天下人之天下也。天下人，所有人之总和也。因此，天下人的天下，也是每个人的天下。也因此，重视爱护天下，就是重视爱护每个人，包括我们自己。

问：这没有问题。
答：既然如此，这种重视和爱护，是不是就应该从自己开始？

问：为什么必须从自己开始？
答：因为没有人能够救得了所有人。但是，如果救不了所有人，那就救不了天下。因此，拯救天下的最佳方式，就是每个人自己救自己，通过救自己来救天下。事实上，如果每个人都救了自己，天下也就等于被拯救了。所以说，能够拯救自己的人，才能够托付天下。

问：不能拯救自己，就不能托付天下吗？
答：当然。古人云，一屋不扫，何以扫天下？自己都救不了，又岂能救别人？更重要的是，一个人，如果连自己都不重视、不爱护，怎么能指望他重视别人、爱护别人，重视天下、爱护天下？不信你看那些视死如归的"侠客"或者"江湖好汉"，自己脑袋固然别在腰带上，别人的脑袋又何曾放在眼里？显然，只有首先尊重自己，才能尊重别人；首先爱护自己，才能爱护社会。真正贵天下、爱天下的，也一定是贵自己、爱自己的。

问：这一点我并不反对。我的问题是，怎么就不能既爱自己又爱天下，先爱天下后爱自己？为什么可以托付天下的，就一定得是重视爱护自己，超过重视爱护天下的人呢？

答：因为托付天下是大事呀！大的东西或者事情，在老子那里都是反着的。比方说，大音希声，大象无形，大巧若拙，大智若愚。因此，大公若私，大私若公。也就是说，最无私的，看起来就是最自私的（*大公若私*）。既然其实最无私，反倒能把天下交给他。相反，最自私的，则往往表现为最无私（*大私若公*），因此反倒不能把天下托付给他。

问：但大私若公也是个别现象吧？毕竟还有真诚的人。比方说孔子、墨子等等，他们挺身而出拯救天下，难道也是做秀，也是打着"为公"的旗号在"谋私"？

答：当然不是。孔子、墨子，还有孟子，他们的"救市"，应该说是真诚无私的。尤其是墨子，那可真是"一腔热血，两袖清风"。然而在道家看来，这种真诚和无私，恰恰是最大的虚伪，最大的自私。比如《庄子》一书的《天道》篇，就曾经借老聃的口说，你们这些人，讲什么"仁义道德"，自以为"兼爱无私"。你们当真无私吗？不，你们自私（无私焉，乃私也）。

越是想救治天下，就越不能把天下交给他

问：道家为什么这样说？

答：因为在道家看来，儒家和墨家这样东奔西走、积极救世，无非是想当"圣人"，当"救星"，当"救世主"。这难道不是自私，不是最大的自私？别以为不要钱、不要利就是"无私"。他也可能要别的。

问：要什么？

答：要名。要"清誉"，要"盛名"，要"万古流芳"，要"经天纬地"。请大家想想，这是"无私"呢，还是"自私"？所以道家认为，一个人，越是想治天下、救天下，就越不能把天下交给他。

问：为什么不能交给他？就因为"自私"？

答：自私只是问题之一，之二是"狂妄"。请你想想，天下出了问题，哪里是一两个人救得了的？何况在道家看来，不但一两个人救不了，而且根本就没有人救得了。

问：那谁能救？

答：天。天下，是"天"的。只有天能创造，也只有天能拯救。你们儒家、墨家，也来"拯救天下"，岂非"替天行道""代天立法"？

天的事情，人来做，已是狂妄；如果还要把所有人都做不了的事情，全放在自己一个人的肩膀上，岂非双重的狂妄？

问：狂妄又怎么样呢？
答：就会产生第三个问题——"霸道"。你想啊，以一己之躯担负起天下的兴亡，这得有多大的勇气，又得有多大的魄力？于是我们就要问，你这勇气和魄力来自哪里啊？

问：你说来自哪里？
答：自信。但凡想救天下者，无不自信。比如孟子就说，世界上为什么要有我们这些社会精英？就因为要有人用自己觉悟到的真理，去启迪教育人民（以斯道觉斯民）；也因为要有人用自己掌握到的真理，去拯救世界（平治天下）。这样的事情，我们不做谁做（非予觉之，而谁也）？除了我们，又有谁能做（当今之世，舍我其谁）？这真是好大的口气！

问：哇！这不是很酷吗？
答：是很酷，但也有局限性。

问：为什么？
答：因为他们自以为觉悟到真理，掌握了真理，真理就在自己手上。

问：这难道不好吗？
答：真理在握很好，自以为真理在握不好。自以为真理在握，有可能就"横行霸道"了。

问：为什么？
答：你想啊，按照一般人的理解，真理只有一个，对不对？

问：对呀！有问题吗？
答：有。既然真理只有一个，又掌握在自己的手里，那么，但凡不同的意见，就一定不是真理，甚至一定是谬误。是谬误，就得批判。为了"捍卫真理"，还必须对不同意见痛加批驳。结果是什么呢？必定是"霸道"。

问：那你说应该怎样？
答：宽容。我们应该记住，真理可能只有一个，却未必就掌握在自己手里。或者说，我们未必就掌握了真理的全部。更多的情况，可能是我们掌握了真理的部分，别人也掌握了真理的部分，大家都只掌握了某一部分，合起来才是全部真理，甚至合起来也还只是真理的更多部分。比如先秦诸子，就是这样。他们虽然观点不同，多有争论，却其实是各有各的道理，也都部分地掌握了真理。或者说，儒、墨、道、法，是从不同的角度和层面在接近真理。所以，我不主张倾向于某一家，更不主张独尊某一家。我的主张，是"兼收并蓄，各取所需，抽象继承，持续发展"。但那些自以为真理在握的人，往往很难做到这一点。

问：很难做到又怎么样？

答：如果只是民间思想家，也只是打"笔墨官司"，这没有关系，甚至很好。不同观点，不同意见，就应该交锋、辩论。在辩论的时候，也应该坚持，应该把话说透、说到底。这对人类认识的发展，很有好处。"真理越辩越明"么！但是，如果民间变成了官方，思想家变成了政治家，而这个政治家自以为掌握了所有的真理，就要小心了。

问：为什么要小心？

答：因为他很可能利用手中的"公权力"，强制推行自己的主张。这就会造成两种危险，一是"横行"，二是"霸道"。所谓"横行"，就是不管对不对，都得照他那一套去做。所谓"霸道"，就是不管对不对，都得按他那一套去说。结果会怎么样呢？不说大家也清楚。

问：所以，世界不能交给他们，不能交给那些想救天下、治天下的人？

答：这个嘛，在道家这里，也还有更重要的原因。

十二　不折腾，才有救

当回事的结果是管闲事，管闲事的结果是生闲气，生闲气的结果是惹事端，惹事端的结果是再来管，结果越管越乱，事也越多。

天下大乱，就因为折腾

问：请问，道家反对把世界交给想救治天下的人，根本原因究竟是什么？

答：在他们看来，天下之所以大乱，就因为有人要"治天下"。有治就有乱，越治就越乱。世界已经乱成这个样子了，再交给那些特别想"救市"的人，岂非火上浇油，添乱？因此，只有交给那些不想救治天下的人，兴许还有救。

问：道家这样认为吗？

答：是。庄子说，我们的世界这样乱，就是那些想救治天下的人搞坏的。

问：谁？

答：从黄帝开始，尧、舜、禹，都是。

问：庄子说了这话？

答：说了，在《天运》篇。庄子说，有一次，子贡问老聃——

问：子贡问过老聃吗？

答：不知道，可能是庄子编的故事吧！庄子说：子贡问老聃，三皇五帝治理天下，方式虽然不同，享有盛名却是一样的，为什么先生偏要说他们不是圣人？老聃说：年轻人，你靠近一点，我来告诉你。想当年，黄帝治天下，还算对付。

问：为什么？
答：因为他让人心纯一（使民心一）。这个时候，大家都是平等的，一样的，谁也不把自己的亲人看得比别人重要。即便亲人去世，也不特别悲痛。帝尧就有问题了。

问：尧有什么问题？
答：尧治天下，让人们亲亲（使民心亲），也就是亲爱自己的亲人。

问：这又有什么不妥？
答：亲爱自己的亲人，就会疏远别人，人与人就有了隔阂。接下来，帝舜的问题又大。

问：舜的问题怎么又大？
答：他不但区分亲疏，还引进竞争机制（使民心竞）。小孩子生下来，不到五个月就会说话，一点点大就知道区别人我，结果命都保不住。不过，要说坏，更坏的是大禹。

问：禹怎么就更坏呢？
答：因为禹治天下，让人心变坏（使民心变）。人人都用计谋，个个都害别人，还认为天经地义，理所当然。结果是什么呢？是"天下大骇，儒墨皆起"，世道人心大乱，什么儒家，什么墨家，都跑了出来，摇唇鼓舌，妖言惑众，害人不浅。这都是黄帝惹下的。

问：不对吧？事情不是从尧舜禹开始坏的吗？怎么怪到黄帝那里去了？

答：追根溯源，就会得出这个结论。我们不妨替庄子做一个逻辑推理。

问：怎样推理？

答：请问，春秋战国，为什么会有儒家呀、墨家呀，等等呢？因为天下大乱。天下为什么会大乱呢？因为礼坏乐崩。礼为什么坏，乐为什么崩呢？因为有礼有乐。为什么要有礼乐呢？因为人心坏了。人心为什么坏了呢？因为大禹"使民心变"——

问：知道了。大禹"使民心变"，是因为帝舜"使民心竞"。

答：是啊！引进了竞争机制，人与人就变成了敌人，至少也变成了对手。为了在激烈的竞争中胜出，就难免不择手段，甚至尔虞我诈，人心可不就坏了？但是，如果人与人之间是没有区别、隔阂的，怎么会以邻为壑，视竞争对手如寇仇呢？

问：所以，大禹"使民心变"，是因为帝舜"使民心竞"；帝舜"使民心竞"，又因为帝尧"使民心亲"，对不对？

答：对！有亲就有疏。有亲疏，就有隔阂；有隔阂，就有竞争；

有竞争,就有斗争;有斗争,就有战争;有战争,就有暴力,就有阴谋,就有巧取豪夺,就有天下大乱。乱的根源,是不是可以追溯到尧那里?

问:这跟黄帝又有什么关系?
答:尧为什么要"使民心亲"?为了"治天下"。谁最先开始"治天下"的?黄帝呀!

问:根源在黄帝?
答:准确地说,是黄帝的"治"。所有的问题,都出在"治"上。

问:奇怪!治,怎么就不好呢?天下大治不好,难道天下大乱好?
答:不是这个意思。"天下大治"的"治"是好的,不好的是"治天下"的"治"。前者是形容词,后者是动词。作为形容词的"治"很好,作为动词的"治"就要不得。

问:动词怎么就要不得?
答:因为"治"作为形容词,只是状态,不是动作。按照道家的观点,当社会处于"大治状态"的时候,是没有动作的。不动,就是"不治"。正因为"不治",所以"大治"。这就叫"不治之治,是为大治"。这很符合道家的辩证法,大音希声,大象无形,大巧若拙,大治不治嘛!相反,"治",一旦变成动词,麻烦就大了。

问:为什么麻烦大了?

答：变成动词，就意味着"动作"；有动作，就会"折腾"；一折腾，就会"乱"。所以，有三皇五帝的"治"，就一定有尧舜禹的"乱"，也一定有春秋战国的"大乱"。故曰"三皇五帝之治天下，名曰治之，而乱莫甚焉"。

折腾，是因为既自以为是又自作多情

问：明白了。天下大乱，是因为折腾？

答：对！这正是道家与儒墨两家的分歧所在。天下为什么大乱？孔子、墨子认为是"缺少爱"，老子、庄子认为是"瞎折腾"。所以，孔子和墨子的"救市方案"是"多点爱"（分歧仅在"仁爱"还是"兼爱"），老子和庄子的"救市主张"是"不折腾"。

问：那么，从尧舜禹，到夏商周，人们为什么都要"瞎折腾"呢？
答：首先是自以为是，其次是自作多情，最后是自讨没趣。

问：为什么是"自以为是"？
答：因为从三皇五帝开始，一直到春秋战国，大多数的领导人和思想家，尧啦、舜啦、禹啦，商汤、周文等等，都认为自己能够"平治天下"。

问：不能吗？
答：不能。道家认为，天下是"天"的，人怎么能治？又有谁能够"替天行道""代天立法"？因此，所有"治天下"的，都是"自以为是"。

问：对于所谓的圣人，老子和庄子是什么态度？

答：表面上看不太一样。老子是"重塑"，庄子是"解构"。《老子》一书中的圣人，不做什么（处无为之事），不说什么（行不言之教），不自吹自擂（不自伐），不自高自大（不自矜），谦卑、低调、克制、无为，还有点傻乎乎（俗人昭昭，我独昏昏；俗人察察，我独闷闷），就像刚刚出生的小孩（如婴儿之未孩）。这是作者重塑的圣人形象。

问：《庄子》一书中的圣人呢？

答：就是儒家、墨家的"圣人"，但被庄子揭了皮。庄子说，儒家、墨家都把圣人奉为道德楷模，却不知道他们的道德是强盗也有的。准确地猜出室内收藏的东西，这就是"圣"；行窃时冲锋在前，这就是"勇"；撤退时最后出走，这就是"义"；知道能不能得手，这就是"智"；分赃时人人有份，这就是"仁"。庄子说，这个强盗遵循的，哪一条不来自所谓"圣人"的教导？强盗做得还更出色。因此，庄子得出一个惊世骇俗的结论——

问：什么结论？

答："圣人生而大盗起"；"圣人不死，大盗不止"。

问：确实惊世骇俗。庄子为什么要这样说？

答：因为到了庄子的时代，像老子那样"正面引导"已不能奏效，只能"解构"。但不论老子、庄子，对儒墨两家"圣人"的看法是一样的——既自以为是，又自作多情。

问：为什么是"自作多情"？
答：因为他们都认为这世界要有人治理。

问：不需要吗？
答：不需要。老子和庄子都认为，有天地就有万物，有万物就有人民。天地既然创造了人类，自然会让他们存活下去；人类作为天地的子民，自然懂得如何生存，哪里需要什么人来"治理"？你们这些"先王""圣人"，又操的哪门子心，瞎忙活什么呢？

问：那应该怎么办？
答：顺其自然，无为而治，让人民该干吗干吗，不要管。老子甚至还说了一句非常难听的话，叫做"天地不仁，以万物为刍狗；圣人不仁，以百姓为刍狗"。

问：什么意思？
答："刍狗"有两种解释，一种说是草和狗，还有一种说是草扎的狗，总之是不必看重的东西。因此，所谓"以百姓为刍狗"，就是"别把人民当回事"。

问：这也太不像话了吧？

答：不是"不像话",而是"太难听"。实际上,老子说这话,并没有恶意。他的意思是说,你看,天地创造了万物,创造以后还管吗?不管。不管,当然是"不仁"。天地尚且"不仁",人又何必多管闲事?你以为老百姓喜欢你们管呀?告诉你,不喜欢!他们巴不得你把他们当"刍狗"。你不把他们当回事,他们就自由了。相反,你要是特当回事,什么都管着,请问烦不烦呀?所以,孔子的"仁爱",墨子的"兼爱",都是自作多情。

问:自作多情又怎么样?
答:自讨没趣。天下本无事,庸人自扰之。当回事的结果是管闲事,管闲事的结果是生闲气,生闲气的结果是惹事端,惹事端的结果是再来管,结果越管越乱,事也越多。这叫什么?这叫"无事生非,恶性循环",整个一"瞎折腾",最后只能是"没救"。

最好的治理就是不治理,最好的领导一定看不见

问:看来,道家的主张,就是"不折腾,才有救"。
答:正是。

问:那怎样才能"不折腾"?
答:十二个字——小政府,大社会,民自治,君无为。

问：愿闻其详。

答：先说"君无为"。老子说，一个社会，一个国家，它的管理、统治、领导，有四种情况，也是四个等级。第一种叫"下知有之"，老子认为是"太上"，也就是"最好"。

问：什么叫"下知有之"？

答：就是下级和民众，仅仅知道最高层，有那么一两个领导人而已，并不产生实际上的领导和被领导关系，等于没有。所以，也有版本写作"不知有之"，就是社会和国家虽然有领导，下级和民众却根本就不知道。

问：形同虚设呀？

答：是的，虚君。

问：为什么要"虚君"？

答：因为按照道家的观点，最好的社会是不需要救助的，也是不需要治理的。一旦有了治理，天下就会大乱。因此，最好的治理就是不治理，最好的领导一定看不见。但请注意，看不见，不等于不存在。领导是存在的，又好像不存在，是"不在之在"。

问：其次呢？

答：第二等，叫"亲而誉之"，就是亲近赞美；第三等，叫"畏之"，就是惶恐畏惧；最差的叫"侮之"，就是侮辱蔑视。事情到这个份上，那就是乱世，离亡国不远了。

问：请问，亲、誉、畏、侮等等，是单向的呢，还是双向的呢？

答：一般都理解为单向的。下级和民众对待领导的态度，最好的是有他没他，其次是爱他夸他，再次是怕他躲他，最坏是恨他骂他。不过，一个巴掌拍不响。老子的这段话，我认为也可以理解为领导与群众的双向关系。最好的，是领导不管事，群众不在乎；其次，是领导爱群众，群众夸领导；再次，是统治者威胁老百姓，老百姓害怕统治者；最差的，就是统治者侮辱老百姓，老百姓仇恨统治者。但不管怎么说，"虚君"都是最好的。

问：领导人形同虚设，又有什么好处呢？

答：虚君，就无为；无为，就不折腾。相反，实君，就有为；有为，就折腾。从尧舜禹到夏商周，为什么折腾个没完？在道家看来，就因为不但领导人太想有所作为，而且他们能够有所作为。为什么？实的嘛！有实权又能办实事，就难免折腾。

问：莫非要他们放弃领导权？

答：没这意思。放弃了领导权，那还是领导吗？你要搞清楚，所谓"太上，下知有之"，或者"太上，不知有之"，不是没有领导，而是看起来好像没有，实际上还是有，是"不在之在""没有之有"。而且，按照道家的辩证法，不在之在，没有之有，可是"大在""大有"！这是最高境界。大音希声，大象无形，大在不在，大有没有嘛！

问：怎样才能做到"大在不在，大有没有"？

答：抓大放小。只抓大政方针，不管鸡毛蒜皮。或者说，抓住根本。

问：根本是什么？做什么才能抓住根本？

答：根本不是"做什么"，而是"不做什么"。要知道，道家的"无为"，或者说，我们赞成、主张的"无为"，不是"不做事"，而是"不折腾"。怎样才能既做事，又不折腾？这可是大学问。事实上，只要做事，就难免折腾。这个时候，就必须有人说"不"。而且，为了保证"不折腾"，这个"不"还得领导来说，而且最好是最高领导来说。所以，他要考虑的，不是"做什么"，而是"不做什么"。不做什么，当然好像不存在。但是，由于他能够有效地防止折腾，他又是最大也最重要的存在。

问：领导只管"不做什么"，"做什么"交给下级和民众？
答：对！

问：不会有问题吗？比方说，没人做事、消极怠工、停滞不前等等？
答：不会。老子说，领导人无所作为，老百姓就潜移默化（我无为，而民自化）；领导人喜欢清净，老百姓就走上正轨（我好静，而民自正）；领导人无所事事，老百姓就逐渐富裕（我无事，而民自富）；领导人清心寡欲，老百姓就善良纯朴（我无欲，而民自朴）。总之，君无为，则民自治。领导什么都不做，下级和民众就什么都做了。

问：这就是所谓"小政府，大社会"吧？
答：是的。不过要讲清楚，道家所谓"大社会"，只是相对于政府而言。社会的组织和单位,他们也主张"小",叫做"小国寡民"。

问:这可能吗?

答:道家认为可能,而且曾经有过。

十三　你的笑容已泛黄

当人们把过去的时代描绘得无比美好时，这种描绘是不准确的、不真实的，至少也是不全面的。

误入歧途的人，走得越远，就越找不着北

问：请问，我们历史上，当真有过"小政府，大社会，民自治，君无为"的时候吗？
答：道家认为有。

问：什么时候？
答：道的时代。

问：什么是"道的时代"？
答：就是领导人清静无为，老百姓自由自在，谁都不瞎折腾的时代。

问：为什么叫"道的时代"？
答：因为"道"的特点就是"无为"，也就是"不折腾"。但是，后来人们把它丢了，开始折腾，这就进入了"德的时代"。

问：为什么是"德的时代"？
答：因为一折腾，就乱。乱，就要治。拿什么来治？最早的时候，是用道德，即"以德治国"，所以是"德的时代"。这个过程，用老子的话说，就叫"失道而后德"。

问:这是什么时候?

答:夏商周,又以西周为鼎盛时期。因为"以德治国"是周公的主张,而且曾经有效。

问:这不也很好吗?

答:不行啊!丢了"道",就折腾;开了头,就打不住,只会继续乱下去。终于,德也不管用了,也被丢掉了,只能再想办法。

问:什么办法?

答:讲爱。仁爱呀,兼爱呀,都被搬出来"救市"了。于是,社会就进入了"仁的时代"。这就叫"失德而后仁"。这是孔子和墨子的时代,即春秋晚期到战国之际。

问:仁爱、兼爱,也都不行,对吧?

答:是啊,只好讲"义"。这时,社会就进入"义的时代",即"失仁而后义"。

问:这又是什么时候?

答:孔曰成仁,孟曰取义。这是孟子的时代,即战国中期。

问:战国晚期呢?

答:义也不管用,也被丢掉了,于是荀子出来讲"礼",社会进入"礼的时代"。这就叫"失义而后礼"。到了"礼的时代",就很糟糕,已经不可收拾了。

问：为什么？

答：因为按照老子的观点，礼是"忠信之薄而乱之首"。

问：礼怎么就是天下大乱的罪魁祸首呢？

答：因为礼带有强制性，不是发自内心的。请你想想，如果每个人都发自内心地尊敬老人疼爱孩子，还用得着规定"尊老爱幼"吗？如果每个人都发自内心地尊重他人关爱弱者，还有必要规定"礼让为先"吗？可见"以礼治国"，是因为没有了仁，也没有了义，只能强迫人们装出"有仁有义"的样子。结果，却是"当面叫哥哥，背后摸家伙"。人心世道，都坏透了、烂透了，只有一张薄纸包着。

问：所以，"礼的时代"必定是乱世？

答：对！荀子所处的战国晚期，就是中国历史上最混乱也最黑暗的时代之一。君臣父子之间，尔虞我诈，你死我活，刀光剑影，血流成河。这就到了最低谷，穷途末路了。

问：战国晚期最坏？

答：按照道家的说法，恐怕是的。荀子所处的战国晚期，不如孟子、庄子的战国中期；孟子、庄子的战国中期，不如孔子、墨子的春秋晚期（或春秋战国之际）；孔子、墨子的春秋晚期（或春秋战国之际），又不如周公的西周初期。换句话说，"礼的时代"不如"义的时代"，"义的时代"不如"仁的时代"，"仁的时代"不如"德的时代"。所有这些，又统统都不如"道的时代"。

问：一代不如一代?

答：道家认为，社会不断滑坡，每况愈下。

问：为什么会这样?

答：丢了"道"嘛！丢了道，只好讲"德"。德没了，只好讲"仁"。仁不管用，只好讲"义"。义不管用，又只好讲"礼"。德、仁、义、礼，都是用来"救市"的。结果是什么呢？在道家看来，是"越救越没救"，"救市"的过程，就是折腾的过程，堕落的过程，走向灭亡的过程。这个过程，就叫"失道而后德，失德而后仁，失仁而后义，失义而后礼"。

问：这就是老子勾勒的"路线图"?

答：是，而且正好对应了儒家的四大人物和儒学的四个阶段——周公之德、孔子之仁、孟子之义、荀子之礼。所以我说，《老子》一书，绝不可能完成于孔子之前。如果是，那也太神了。当然，这可以讨论。但可以肯定，在老子看来，儒家的那一套绝对救不了世道，救不了天下，相反只会坏事。

问：就像陷进沼泽的人，越挣扎，死得越快?

答：也像误入歧途的人，走得越远，就越找不着北。因此，在老子看来，唯一的出路，就是离开"沼泽"，回到"正道"。或者说，回到"道的时代"和"道的社会"。

最好的时代，最好的社会，
最好的人，都像婴儿

问：请问，所谓"道的时代"，是什么时代？所谓"道的社会"，又是什么社会呢？

答："德的时代"既然在夏商周，那么，"道的时代"就应该在夏商周之前。而且，按照庄子的说法，还应该在尧舜禹之前。夏商周，是国家时代；尧舜禹，是部落时代。由此推论，所谓"道的时代"，就是原始时代；所谓"道的社会"，就是氏族社会。

问：老子和庄子，为什么喜欢原始氏族社会？

答：符合他们的理想呀！老子说，人这一生，最美好的是什么时候？婴儿时期。而且，最好还是刚刚出生，还不会笑那会儿，叫做"如婴儿之未孩"（孩，就是笑）。因此，最好的时代，最好的社会，最好的人，也都应该"如婴儿"，比如圣人。

问：圣人有如婴儿？

答：是的，只不过是"伟大的婴儿"。《老子·第五十五章》说，这样的婴儿，毒蛇不伤，猛兽不捕，凶禽不抓，不会做爱却阴茎长久勃起，终日号啕却不会声嘶力竭。

问：怎么会这样？

答：精气充盈，精力充沛，生命力旺盛不衰，全身心都处于极其和谐的状态，叫做"精之至也""和之至也"。

问：伟大的婴儿，为什么就"精之至""和之至"呢？

答：吃母乳呀！我们知道，吃母乳的孩子，都天然地具有免疫力，圣人也如此。只不过，圣人作为"伟大的婴儿"，他的妈妈也很伟大。这个"伟大的妈妈"，就是"道"。圣人推崇的，是直接从"道"那里吸取营养，叫做"贵食母"。这样的人，就是"道的人"。

问：明白了。老子认为，最好的人是"道的人"，最好的时代，最好的社会，就是"道的时代"和"道的社会"，因此也应该"吃母乳"，"如婴儿"，对不对？

答：对！原始氏族社会，就是人类社会的"婴儿期"，所以他认为是最美好的。

问：因此，回到"道"，就是回到原始氏族社会？
答：是。这就叫"复归于婴儿"。

问：作为"婴儿期"的原始氏族社会，又是什么样子呢？
答："上如标枝，民如野鹿"（庄子）；"其政闷闷，其民淳淳"（老子）。

问：什么叫"上如标枝，民如野鹿"？
答：领导人就像树梢的枝条，老百姓就像地上的野鹿。这是庄子的社会理想。

问：什么叫"其政闷闷,其民淳淳"?

答：领导人稀里糊涂,老百姓敦厚淳朴。这是老子的政治理想。

问：这好在哪里?

答：纯朴、自由。不过,老与庄各有侧重。老子看重的是纯朴,庄子看重的是自由。

问：庄子为什么看重自由?

答：因为庄子的人生理想,就是真实而自由地活着,叫做"逍遥游"。这个现在讲不了,只能以后再说(请参看第二十一章"若为自由故")。不过,庄子的人生理想一旦变成社会理想,与老子的政治理想倒是合拍的。你想啊,所谓"上如标枝,民如野鹿",不就是老子政治主张的最高境界——"太上,下知有之",或者"太上,不知有之"吗?

问：老子为什么看重纯朴?

答：纯朴,就不折腾。老子显然想清楚了两个问题,那就是人为什么要折腾,又为什么能折腾。答案也有两个,一是"多欲",二是"多智"。多欲,就想折腾;多智,就能折腾。所以,要想彻底"不折腾",也只有两个办法,一是"寡欲",二是"去智"。

问：怎样"寡欲"?

答：三条。第一叫"不尚贤",第二叫"不贵难得之货",第三叫"不见可欲"。不尚贤,就是不推崇有德有才。不推崇,就没有竞争。不贵难得之货,就是不把那些珍禽异兽、奇珍异宝当回事。不当回事,就没人盗窃。不见可欲,就是不炫耀(见,通"现",意思是显示、显现、表现)。不炫耀,就没有诱惑。所有的诱惑都没了,也就寡欲。

问:怎样"去智"?

答:先"愚君",后"愚民"。老子认为,国家之所以难以治理,就因为人民懂得太多(民之难治,以其智多)。所以从古至今,善于奉行"道"的(古之善为道者),都不用"道"来开发民智(非以明民),而是用来愚民(将以愚之)。但是,要愚民,就得愚君。

问:为什么呢?

答:因为上有所好,下必效焉。统治者心明眼亮,老百姓不也跟着聪明伶俐起来?这就叫"其政察察,其民缺缺",领导人明察秋毫,老百姓就心怀鬼胎。相反,"其政闷闷,其民淳淳",领导人稀里糊涂,老百姓就纯朴敦厚。所以就算装,你也得糊涂,绝不能雄才大略聪明绝顶,更不能用聪明来治国。这就叫"以智治国,国之贼;不以智治国,国之福"。

问:这样就能天下太平了吗?

答:对付。因为这些办法,都是"术",不是"道"。按道家的观点,归根结底,还是要回到"道",回到原始氏族社会。

后退没出路，道家有道理

问：原始氏族社会，真的是纯朴而自由吗？

答：自由不好说，纯朴是真的。恩格斯的《家庭、私有制和国家的起源》一书，就把原始氏族社会称为"纯朴道德高峰"，并把打破这种纯朴、离开这个高峰的力量，称之为"堕落"。不过，原始时代的这种纯朴，却未必是天性，而是另有原因。

问：什么原因？

答：一穷二白。许多人都说，原始社会好啊，路不拾遗，夜不闭户。这倒是事实。但你要明白，那是因为物资匮乏，根本就没东西可偷！也有人说，原始社会好啊，天真无邪，互不防范。这也是的，但那是因为智力不高，当然没那么多心眼。还有人说，原始社会好啊，人人平等，相亲相爱。这在氏族、部落内部，可能是的。氏族与氏族、部落与部落之间，就不好说了。黄帝不是和蚩尤打吗？炎帝不是和黄帝打吗？哪来的"天下太平"？

问：因此，不能回到原始社会？

答：不可能，也不应该。原始社会毕竟一去不复返，早就成了"明日黄花"。就算再好，他那笑容也泛黄了吧。

问：泛黄也是笑容啊！

答：有笑容，也有鬼脸。实际上，事物都有两面性。所谓"月有阴晴圆缺"，原始社会又岂能总是晴天，月亮总是圆的？问题在于，当人们对此刻不满时，就会想念和向往从前。这个时候，他们往往只记得住从前的好处，记不住从前的坏处，正所谓"只见笑容，不见鬼脸"，而且那好处也往往被放大。也就是说，当人们把过去的时代描绘得无比美好时，这种描绘是不准确的、不真实的，至少也是不全面的。

问：因此，回到原始社会，也是不应该的？

答：不应该，也回不去。因为要想回到"纯朴道德高峰"，就必须连同它的前提条件（一穷二白），都一并接受下来。请问，我们还愿意"一穷二白"吗？更何况，就算你愿意，也未必能够保证纯朴保证道德。旧中国倒是"一穷二白"，请问纯朴吗？道德吗？事实上，文明、富裕、科技进步，绝不是导致罪恶的原因。贫穷、愚昧、落后，才是万恶之源。可见发展才是硬道理，发展也就是硬道理。

问：这么说，道家的主张是不对的？

答：后退肯定没有出路，但道家的主张却仍然有他的道理，至少能给我们一些启发。

问：有什么启发？

答：我得到的启发有三条——必须心存敬畏，不妨消极无为，最好没心没肺。

问：此话怎讲？

答：前面说过，爱折腾、瞎折腾的原因之一，是因为狂妄；狂妄的原因之一，则因为"把已知当全知，把所能当全能"，完全不知敬畏。于是，什么"征服自然"，什么"人定胜天"，什么"移山倒海"，都提出来了，好像可以变天地于瞬息之际，玩世界于股掌之间，那可真是"意气风发""豪情满怀"啊！结果怎么样呢？其实，恩格斯在《自然辩证法》一书中就告诫我们，不要过分陶醉于对自然界的胜利，因为"对于每一次这样的胜利，自然界都对我们进行报复"。这时，道家的"去智"，是不是多少能够起点"清醒剂"的作用呢？

问：消极无为又怎么讲？消极无为也值得提倡吗？

答：消极并不是贬义词。比如城市规划，我就主张消极，即不是规划干什么，而是规定不干什么。什么东西不能建，什么地方不能动，哪些水系要保留，哪些建筑要保护，红线图画出来，坚决执行，就可以保证子孙后代不受祸害。最怕的是好大喜功大有"作为"，先是设计一个宏伟蓝图，然后大兴土木或者大动干戈。其结果，弄不好就是劳民伤财，得不偿失，甚至伤筋动骨，祸国殃民。所以，作为领导，不妨消极一点。请注意，不妨！

问：消极无为是对领导讲的，没心没肺是对个人讲的？

答：对！治国不妨消极无为，做人最好没心没肺。俗话说，不哑不聋，不做阿公，做人太精明了不好。做人太精明，别人害怕，自己也累。马虎一点，大家相安，大家省心。

问：这跟道家主张回到原始社会有什么关系？

答：哈！原始社会不是"其政闷闷，其民淳淳"，上上下下都没心没肺吗？

问:也是"小政府,大社会,民自治,君无为"吗?

答:准确地说,是"有社会,无政府;有协调,无治理"。因为那时还没有国家,只有族群,当然也就没有政府,只有"负责人"和"带头人"。他们(或她们)的工作性质,其实有点像家长、族长、班组长;与氏族成员之间的关系,也不是君臣。所以,用氏族社会的组织模式,来实现"小政府,大社会,民自治,君无为"的理想,不太靠谱。更何况,"小国寡民"的时代早已结束。即将出现的,是"一统天下"的"大帝国"。

问:因此,道家的方案和儒墨两家一样,也不能"救市"?
答:当然不能。

问:儒也不能,墨也不能,道家也不能,请问谁能?
答:法家。

十四　同一个世界，不同的梦想

理想主义者的特点，是他的主张一定要自己认为"最好"。有没有用，不管。现实主义者则相反。他的方案，是不是"最好"不敢说，但肯定管用。

三家"坐而论道"，
法家"横行霸道"

问：法家的主张，当真能"救市"吗？

答：要看我们怎么理解。严格地说，想"救市"的只有儒家和墨家。法家和道家一样，都认为当时那个"市"没救。不同的是，道家认为，因为没救，所以只能退回原始状态；法家则认为，既然没救，那就不如走向新的未来。结果，法家成功了。

问：法家怎样成功？

答：先是帮助某些国家称霸，比如管仲之辅佐齐桓公；后是帮助某些国家争雄，比如吴起之辅佐楚悼王。不过，法家最大的成就，还是在秦国。由于商鞅的变法，秦由公国变成了王国；运用韩非的理论，秦又由王国变成了帝国。秦的"大国崛起"，岂非法家之功？更何况，自从秦始皇"一剑定乾坤"，百家争鸣就终结了，法家思想也被钦定为大秦帝国的国家意识形态。法家，难道不是最成功的？

问：这么说，法家的思想是最正确的？

答：不能这样讲。这样讲，就"成王败寇"了。我们只能说，法家那一套，是最管用的。

问：法家的学说，为什么就最管用呢？

答：务实呀！法家与儒、墨、道的区别之一，就在于三家都是"理想主义"，只有法家是"现实主义"。理想主义者的特点，是他的主张一定要自己认为"最好"。有没有用，不管。现实主义者则相反。他的方案，是不是"最好"不敢说，但肯定管用。法家就是这样。

问：法家为什么是现实主义者呢？

答：与法家人物的身份有关，也与他们代表的派别和阶层有关。实际上，先秦诸子都是"士"，也都代表着"士"，但派别和阶层不同。大体上说，儒家代表文士（或儒士），墨家代表武士（或侠士），道家代表隐士。所以，儒家思想，代表的是"文士的哲学"；墨家思想，代表的是"武士的哲学"；道家思想，代表的是"隐士的哲学"。

问：法家呢？法家代表什么人？

答：谋士。法家的思想，代表的是"谋士的哲学"。

问：谋士的哲学，怎么就一定得管用呢？

答：因为谋士的任务，就是出谋划策。替谁出谋划策？替雇用或聘用他们的人。这些人雇用或聘用他们，是为了帮自己解决问题。谋士的主意如果不管用，谁要他们呀？所以，法家人物，不管是出将入相（如管仲、商鞅），还是著书立说（如慎到、韩非），他们的主张和方案，都一定可以操作，而且保证管用。也因此，儒、墨、道三家都可以"坐而论道"，法家却只能"横行霸道"。

问：你对法家的评价这么低？

答：不是评价，是客观描述，只不过略有调侃而已。实际上，"横行霸道"这个词，要打引号。它的意思是说，四家"走法"不同，儒、墨、道"直走"，法家"横行"。

问：为什么会这样？

答：因为他们的"道"不同。道，原本指道路。道路不同，走法就不同嘛！

问：有道路问题吗？

答：当然。春秋战国时期，为什么会出现诸子争鸣？一个直接的原因，就是天下大乱无路可走；而争鸣的核心，则是"中国向何处去"。这是根本问题。

问：那么，四家的"道"，又有什么不同？

答：道家讲"天道"，墨家讲"帝道"，儒家讲"王道"，法家讲"霸道"。

问：什么意思？

答：所谓"天道"，就是女娲、伏羲、神农之道，也就是氏族社会之道；所谓"帝道"，就是尧、舜、禹之道，也就是部落联盟之道；所谓"王道"，就是文王、周公之道，也就是西周封建之道。这些都是"向后看""开倒车"。客气一点，无妨称之为"直走"。

问：为什么说是"直走"？

答：一根筋，直肠子，不拐弯，认死理，而且"理直气壮"地"一直往后走"。道家走得最远，黄帝都看不上，最好是伏羲。墨子近一点，退回大禹。孔子比较实际，如果西周回不去，打个折扣，东周也对付（吾其为东周乎）。这就真是"认死理"了——认"已死之理"嘛！三家认的既然都是"死理"，也就只能"空谈"。于是，"直往后走"就变成了"坐而论道"。不过，他们原本就不在乎管用不管用的。坐而论道，倒也无妨。

问：法家又为什么只能"横行霸道"？

答：因为法家主张的"道"，是"霸道"；而法家的"霸道"，又只能"蛮横"地去"实行"。蛮横地实行霸道，岂非"横行霸道"？

问：法家蛮横吗？

答：蛮横。哪怕所有人都反对，都说不行，也要硬干，而且不惜代价，不怕牺牲。比如商鞅，为了推行自己的主张，你知道杀了多少人？刘向《新序》的说法，是某日一天之内就处决囚犯七百余人，以至"渭水尽赤"。最后，商鞅自己也献出了生命，惨死于酷刑。这难道还不是"蛮横地实行霸道"，不是"横行霸道"？

诸子之争，
缘于"同一个问题，不同的梦想"

问：奇怪！霸道，为什么就必须"横行"？

答：这就要弄清楚什么是"霸道"。表面上看，霸道即"五霸之道"。

问：什么是"五霸"？

答：就是春秋时期出现的五个"霸主"，叫"春秋五霸"，也叫"五伯"。这五个霸主是谁，有两种说法。一种是齐桓公、晋文公、楚庄王、吴王阖闾、越王勾践，还有一种是齐桓公、晋文公、秦穆公、宋襄公、楚庄王，反正齐桓、晋文、楚庄总是的。这五个，先后是当时诸侯中最牛的君主。他们的国家，也先后是当时各国中最强的国家。因此，顾名思义，所谓"霸道"，就应该是齐桓、晋文的"称霸之道"，或者是他们的"大国崛起之道"。

问：难道实际上不是？

答：齐桓、晋文的是，商鞅、韩非的不完全是。

问：此话怎讲？

答：看看商鞅变法就知道。请问，商鞅变法的结果，仅仅是秦公国的"大国崛起"，秦孝公的"拱手而取西河之外"吗？不！它的最终结果，是秦始皇的"一统天下"，秦帝国的"四海一家"。当然，这里面还有韩非的"贡献"。但商鞅"肇其始"，是肯定的。秦始皇不是齐桓公、晋文公，也是肯定的。

问：秦始皇与齐桓公、晋文公，又有什么本质区别？

答：齐桓公、晋文公是"称霸一时"的"霸主"，他们的国家也只是诸多侯国中的"超级大国"。秦始皇却是"君临天下"的"独主"，他缔造的帝国则意味着"整个世界"。两者之间，岂能同日而语？商鞅、韩非的主张，又岂能只是"五霸之道"？

问：为什么会这样呢？

答：很简单，仅仅有"霸主"，已不能满足时代的需求。

问：什么需求？

答："资产重组"呀！我们一开始不就说了吗，春秋战国天下大乱，就因为原先的格局已被打破，整个社会失去平衡，各种势力重新洗牌。这时，作为"总公司"之"总经理"的周天子，就只剩下一个"天下共主"的名义，实际上管不了那些越来越牛的诸侯。这就必须另外有人来摆平天下，维持和平与秩序。谁来摆平呢？也只能是那些越来越牛的诸侯当中最牛的人。他们，就是所谓的"霸主"。

问："国际警察"？

答：对！至少在名义上，他们只是"国际警察"，不是"世界之王"。他们摆平天下时，必须打着周天子的旗号，他们派出的，也往往是联军，最后还要开"弭兵大会"，签订"停战协议"和"同盟条约"。

问：这有什么问题吗？

答：矛盾、撕扯、混乱、断裂。因为"同一个世界"，居然并存着"两个中心"，有着"多个梦想"（至少两个以上），还能不出问题？

问：哪两个中心？

答：一个"共主"（周天子），一个"霸主"（齐桓、晋文等等）。共主地位最高，是为"至尊"。霸主实力最大，是为"至强"。至尊不是至强，至强不是至尊，一个天下，两个中心，这不是矛盾、撕扯吗？更何况，至强之霸主，还是轮着来的，这不是混乱吗？

问：为什么是断裂呢？

答：同一个世界，不同的梦想。作为名义上的"共主"，周天子希望至少能够保住自己的名分、体面、尊严。然而，作为实际上的"霸主"，齐桓公、晋文公之流想的，却是如何乘机把自己做大做强。他们派"维和部队"，开"弭兵大会"，签"停战协议"，订"同盟条约"，其目的和动机，名义上当然是"维系君臣关系，维持秩序，维护和平"。实际上呢？恐怕是"扩大势力范围，打击竞争对手，争夺霸权"。所以，他们的"维和行动"，名为"尊王"，实为"称霸"。那些跟着霸主们起哄的，也各有各的"小九九""小算盘"。有的也许只是"胁从"，但求自保；有的则希望能够"轮流坐庄"，做下一任的霸主。总之，几乎所有人都想在这"资产重组"的过程中捞他一把。这可真是"同床异梦"。

问：诸子又如何？

答：他们是"同一个问题，不同的梦想"。相同的是，他们都认为这样下去不行，非改不可。因此，他们都面临着同一个问题，即"中国向何处去"。但他们的答案不同，因为梦想不同。孔子希望"克己复礼"，墨子要搞"企业改革"，老子和庄子则主张干脆颠覆"封建制度"，不要什么"总公司"（天下）、"分公司"（诸侯之国）、"子公司"（大夫之家）的模式。

问：他们要怎么样？
答：统统变成"中小企业"，甚至"作坊"。千千万万个这样的"作坊"和"中小企业"，零零散散地遍布于中华大地，各自生存，互不相干，自行其是，自得其乐，甚至"民至老死不相往来"。这就是"相忘于江湖"啊！

法家的"霸道"，其实就是"中央集权之道"

问：这样一种"小国寡民"的方案，法家当然是不赞成的，对吧？
答：不赞成，但同情。而且，法家也主张颠覆武王、周公他们创立的那个"三级分权，层层转包"的"西周封建制度"。

问：为什么要颠覆？
答：因为这种制度尽管有可取之处，但同时也确有不足之处。

问：什么不足？

答：不三不四。你说要管理吧，权力不集中；你说不管理吧，又不够自由。

问：那儒家为什么很赞成，为什么要维护？

答：儒家主张"中庸之道"呀！在儒家看来，一个社会，一个国家，最好是有一点管理，又不统得太死；有一点自由，又不放任自流。像"西周封建"这样，有放权又有掌权，有集权又有分权，而且刚好分为三个层次，真是无过无不及，恰到好处，妙极了！

问：墨家呢？他们赞成这种模式吗？

答：从《尚同》篇看，也不反对。毕竟，这种制度有利于实现"上下兼爱，逐级尚同"。

问：反对的只有道家和法家？

答：是的，但反对的原因不同。

问：道家为什么反对？

答：道家的主张，是"小政府，大社会，民自治，君无为"。因此，在他们看来，放权就要放到底，甚至根本就不该有"权力"这种东西。所以，尽管西周的制度有分权、有放权，归根结底也是要不得的。最好的，还是"无权"（没有权力）或"弃权"（放弃权力）。

问：法家为什么反对？

答：根本的原因，恐怕还在于法家是"国家主义者"。法家所做的一切,都只有一个目的——富国强兵。然而"三级分权,层层转包"的结果是什么呢?是君不君,臣不臣,大夫失家,诸侯亡国,天子被架空。这可怎么行?

问:对此,孔子不也痛心疾首吗?

答:但他们看到的现象不同,做出的判断不同,找出的原因也不同。孔子看到的是"礼坏乐崩",商鞅、韩非看到的是"国破家亡"。孔子认为,礼坏乐崩,是因为诸侯和大夫都不肯恪守"周礼";商鞅和韩非则认为,事情根本就坏在不该分权。诸侯不分权于大夫,大夫能造反吗?天子不分权于诸侯,诸侯能叫板吗?换句话说,没有"子公司","分公司"会被瓜分吗?没有"分公司","总公司"会被掏空吗?

问:所以,唯一的办法,就是废除"分公司""子公司",统统集权于"总公司"?

答:对!商鞅和韩非的主张,就是集权。先是"君主集权",后是"中央集权"。实现"君主集权"的,是秦孝公;实现"中央集权"的,是秦始皇。而且,自从秦始皇缔造了"大秦帝国",创立了"帝国制度",就再也没有"资产重组",只有"垄断经营"了。

问:这可真是"治本之策"。商鞅和韩非,难道看得这么远?

答:看没看这么远,不好说。但在当时,要想解决问题,却只有他们的想法对路,办法可行。法家,尤其是商鞅和韩非看得很清楚,整个天下的"资产重组",已经是不可逆转的趋势和不可阻挡的潮流。所以，儒家的"计划经济"，是不顶用的。

问：对不起，插一句，儒家是"计划经济"吗？

答：可以这样调侃一下吧！你想啊，所谓"封建"，"封土建国"也好，"封土立家"也罢，都是上级（天子或诸侯）给下级（诸侯或大夫）划一个圈，说你就在这个范围内经营，这不就是"计划经济"吗？孔子主张维持这个格局，经营范围和规模都不变，岂非维护"计划经济"？还有，孟子理想的"王道乐土"是什么样的呢？每个农户，一家分一百亩耕地、五亩宅基地，房子周围种桑树，院子里面养鸡狗，就可以保证五十岁以上的有丝织衣物穿，七十岁以上的有肉吃，不也有点"计划经济"的味道吗？

问：这在当时，怕是做不到的。

答：墨家的"企业改革"，道家的"小国寡民"，也都不顶用。对于那些惶惶不可终日的君主而言，顶用的办法只有一个，就是把自己的"公司"做大做强。这就要"集权"。要集权，就要霸道。而且，霸道的目的，还不是当"国际警察"，而是当"世界领袖"。这样的"霸道"，当然不再是"齐桓、晋文之道"，而是"中央集权之道"。

问：实行这样的"霸道"，就必须"蛮横"吗？

答：是的。因为要集权，就要收权。收谁的？收那些"封建贵族"的。他们，可是"既得利益者"啊！要他们交权，容易吗？要他们放弃自己的既得利益，他们愿意吗？所以法家不容易，必须豁出命来干才行。要知道，从"三级分权"到"中央集权"，可是大变革啊！

问：问题是当时的变革,只能"自上而下"。那些赞成变革的君主,就扛得住吗?

答：这就要靠法家教给他们办法。

问：什么办法?

答："两面三刀"。

十五 "两面"与"三刀"

刑罚是公开的明控制，权谋是私下的暗控制。

掌牢赏罚之权，
用好、用活、用够、用足

问：你说法家"两面三刀"，真是这样吗？

答：哈哈！这个词，和前面说过的"横行霸道"一样，也要打引号，而且也得拆开来讲，即"两面"与"三刀"。"两面"，就是两种手段；"三刀"，就是三大要素。它们都是用来保证君主集权的，合起来叫"两面三刀"。

问：什么叫"两面"？

答：就是奖与惩，赏与罚。这两种手段，用今天的话说，一个是"大棒"，一个是"胡萝卜"，说白了就是威胁利诱，但甜头、苦头都有，所以我称为"两面"。

问：法家自己怎么说？

答：韩非称为"二柄"。

问：为什么叫"二柄"？

答：柄，就是权力，也叫"权柄"。韩非认为，奖惩赏罚，都是权力，故曰"二柄"。

问：谁的权力？

答：君主的。而且韩非认为，做君主的，必须牢牢地掌握这两个权力，死死地捏住这两个权柄，一刻都不能放松，更不能下放。

问：下放了又怎么样？

答：亡国。这可是有历史教训的。《韩非子》一书的《二柄》篇，就举了两个方面的例子，一个是赏权下放的，一个是罚权下放的，两个都是战国时期的事。

问：赏权下放的是谁？

答：齐简公。

问：行使赏权的又是谁？

答：田常。田常是齐简公的国相，也是权臣。他弄权的办法，是收买人心，施惠。比方说，放贷的时候用大斗，收租的时候用小斗，大斗出小斗进，老百姓都说他好。他又时不常跑到齐简公那里，为官员们评功摆好，请求赏赐，官员们也都说他好。结果是田常受到爱戴，简公丢了脑袋。到田常的曾孙田和的时候，齐国就姓了田。这就是丢了赏权的下场。

问：丢了罚权呢？

答：一样。

问：丢了罚权的是谁？

答：宋桓侯。

问：行使罚权的又是谁？

答：子罕。子罕是宋国的"建设部长"兼"公安部长"，官不算很大，野心却不小。他对宋桓侯说：咱们治国的手段，不就是威胁利诱吗？问题是大家都喜欢奖赏，憎恶惩罚，这可怎么办呢？要不这么着——讨好人的事，君上您去做；得罪人的事，臣下我去做，您看怎么样？宋桓侯觉得有道理，就欣然同意。结果怎么样呢？害怕惩罚的人都归顺了子罕，子罕只用一年工夫就把宋桓侯干掉了。

问：看来，赏罚二柄，确实不能下放。

答：对，一个都不能。韩非说，田常只用了赏，简公就丢了命；子罕只用了罚，桓侯就亡了国。如果赏罚二柄都到了人臣手里，那还得了？

问：奖与惩，赏与罚，为什么就这样重要呢？

答：因为人君指挥控制人臣，就靠这两下子（明主之所导制其臣者，二柄而已矣）。韩非说，老虎称霸山林，靠什么？靠爪牙。君主统治人民，靠什么？靠赏罚。

问：难道就不能靠别的，比方说，爱？

答：不能，那不顶用。韩非说，儒家和墨家都说什么"先王兼爱天下"。他们看待人民，就像父母看待子女。但是怎么样呢？人民照样犯罪，君王也照样杀人。这就怪了。那些人不是也得到了慈父慈母般的疼爱吗？为什么还要犯罪呢？可见爱不管用。其实，不要说什么子民，就连亲生子女，做父母的也未必管得住。不信你看那些不成器的孩子，父母批评他不改正，乡亲谴责他不动心，老师教育他不变好，衙役拿着枷锁一来，他就老实了。请问，真正管用的，究竟是"仁爱""兼爱"呢，还是"二柄"呢？

问：看来，法家是认准了只有赏罚有用。
答：是的。所以韩非认为，君主不但必须牢牢地掌握这两个权力，而且还得用好、用活、用够、用足。

问：怎样用好、用活、用够、用足？
答：赏要赏得他感恩戴德，没齿不忘；罚要罚得他倾家荡产，魂飞魄散。用韩非的话说，就叫"赏莫如厚而信，使民利之；罚莫如重而必，使民畏之"。厚，就是丰厚；信，就是诚信；重，就是严酷；必，就是坚决。也就是说，赏，就要高官厚禄，说话算数，"暖乎如时雨"；罚，就要心狠手辣，从重从快，"畏乎如雷霆"。总之，无论赏还是罚，文章都要做足，工作都要到位。所以，除了要有"两面"，还得要有"三刀"。

问：哪"三刀"？
答：势、术、法。

君主集权，平治天下，首先得有权势

问：什么叫"势、术、法"？

答：势，就是由权力和地位形成的统治力量，即"威力"或"权势"。术，就是统治人民和控制下属的政治手段，即"谋略"或"权术"。法，就是政策法令、规章制度，即"法规"或"权能"。这是保证君主能够行使赏罚、实现集权的三大要素，所以叫"三刀"。

问：赏与罚是"两面"，势、术、法是"三刀"？

答：对！

问：哪把刀最重要？

答：历史上也有不同看法。第一派认为，权威势力最重要。统治者有权势，老百姓就害怕。哪怕君主再笨，也能管住聪明人。这个就叫做"势派"，他们的主张就叫"势治"。

问："势派"和"势治"的代表人物是谁？

答：慎到，他是赵国人。

问：第二派呢？

答：第二派认为，权术谋略最重要。君王有谋略，臣下就老实；君王有权术，臣下就畏惧，谁都不敢耍心眼、耍滑头。这个就叫做"术派"，他们的主张就叫"术治"。

问:"术派"和"术治"的代表人物是谁?

答:申不害,他是郑国人。

问:第三派呢?

答:第三派认为,政策法令和规章制度最重要。国家有制度,民众就规矩;做事有规章,秩序就稳定。这个就叫做"法派",他们的主张就叫"法治"。

问:"法派"和"法治"的代表人物是谁?

答:商鞅,他是卫国人。

问:三个人的先后呢?

答:几乎同时,都是战国早中期人。慎到(约前395—约前315)比商鞅(约前390—前338)大五岁,商鞅又比申不害(约前385—前337)大五岁。

问:这么说,势治、术治、法治,这三种主张,是差不多同时提出的?

答:是。势、术、法,都有道理,也都管用。所以,到了战国末年,韩非就把它们统一起来,形成了完整的法家主张。韩非认为,一个君王,首先得有"权势",然后还要有"谋略"和"法规"。《韩非子·难势》引用慎到的话说,飞龙和腾蛇为什么高高在上?就因为它们腾云驾雾。一旦云开雾散,掉到地上,跟蚯蚓、蚂蚁也没什么两样。同样,人君为什么一呼百应、令行禁止?就因为他们有权有势。

没了威力权势,谁听他们的呀?

问:照这意思,君主的权威,完全来自他的地位,与什么德呀才的,都不相干?

答:对!这就叫"势位之足恃"而"贤智之不足慕"。

问:不对吧?权势就那么重要吗?德才就那么没用吗?飞龙和腾蛇为什么能够腾云驾雾?蚯蚓和蚂蚁为什么就不能?这里面难道没有自身素质的原因吗?

答:你问得很有道理,但韩非他们却更有道理。没错,蚯蚓、蚂蚁是不可能腾云驾雾,但不等于无德无才的人做不了君主。要知道,当时的君主可是世袭的。世袭的君主当中,怎么就一定没有"蚯蚓"和"蚂蚁",怎么就一定德才兼备,至圣至明呢?

问:这倒也是。

答:其实不要说世袭的君主,就连现代社会选举出来的领导人,也不一定靠得住。有些人一旦大权在握,还不是"呼风唤雨"?可见自然界的"势",云也好雾也罢,确实没法让蚯蚓、蚂蚁青云直上;人世间的"势",却还真能把人中之"蚯蚓"变成"龙蛇"。再差劲的人,只要坐在那位置上,也都人五人六,说一不二。

问:那么,君主或者领导人的品德和才能,难道是可以无所谓的?

答:不是"无所谓",而是"靠不住"。请问,韩非讲"两面三刀",目的是什么?君主集权。条件又是什么?君主世袭。在世袭的前提下实现集权，君主德才兼备固然好，万一不是呢？按照儒家和墨家的观点，那就搞不成了，因为他们都寄希望于君主的个人品质。法家却是不能搞不成的，因此他们更寄希望于君主的权力威势。

问：法家比儒家和墨家更现实？
答：也更深刻，因为他们不再把君主看作飞龙和腾蛇。

问：看作蚯蚓和蚂蚁吗？
答：倒也没有。准确地说，是既不看作飞龙和腾蛇，也不看作蚯蚓和蚂蚁，而是看作介乎二者之间的普通人。或者用韩非的话说，就是既不看作尧、舜，也不看作桀、纣。尧、舜也好，桀、纣也好，都是百年不遇的；而绝大多数世袭的君主，是既没有尧、舜那么好，也没有桀、纣那么坏，也就平平常常一个普通人。这样的人，要治国平天下，靠什么？靠德才吗？他们没那么多，甚至根本就不够。那又怎么办？很清楚，只能靠权势。

问：有了权势，就一定能治理好国家吗？
答：韩非从来就没说过这句话。但那玩意管用，则是肯定的。所以，君主集权，平治天下，首先得有权势，但又不能只有"势"，还得有"术"和"法"。

明用法，暗用术，两手都要硬

问：为什么还得有"术"和"法"呢？

答：就因为权势只能保证君主行使权力，并不能保证天下太平。想当年，桀、纣的权势，与尧、舜没什么不同。结果桀、纣弄得天下大乱，尧、舜却实现了天下大治。可见管用不管用是一回事，好不好是另一回事。所以光有"势"，是不行的，也是不够的。

问：但是，"术"与"法"，非得都有吗？只有"术"，或者只有"法"，不行吗？

答：不行。因为"术"与"法"，各有各的作用，各有各的功能，各有各的对象，还各有各的特征，一个都不能少。在《定法》篇，韩非曾经设问，申不害重术，公孙鞅（商鞅）重法，他们两个的主张，究竟哪个更要紧？回答是：十天十夜不吃饭，死；数九寒天不穿衣，也是死。你说哪个更重要？

问："术"与"法"，就像衣服与饮食？
答：对，相互不能置换，也不能替代。

问：那么，"术"与"法"，又有什么不同？
答："术"是对付官员的，"法"是对付民众的。在《定法》篇，在《难三》篇，韩非都讲得很清楚。韩非说，术（权术谋略），必须掌握在君主手中（人主之所执），用来整合千头万绪的事务（偶众端），驾驭各怀鬼胎的群臣（御群臣）。法（政策法规），则应该"宪令著于官府,刑罚必于民心,赏存乎慎法,而罚加乎奸令者也"。

问:这话什么意思?
答:著,就是制定;必,就是标杆;慎法,就是谨守法令;奸令,就是触犯禁令。

问:明白了。原来法家之所谓"法",就是由官方制定的标杆。这个标杆,是用来决定奖惩赏罚的。是不是这样?
答:正是。奖惩赏罚,就是前面说过的"二柄"嘛!

问:说了半天,还是"两面"?
答:是的。但如果只有"两面",没有"三刀",就不是法家了。实际上,奖惩赏罚,历来就是君主的统治手段。那么,法家的特殊之处又在哪里呢?就在于他们强调,奖也好,惩也好,赏也好,罚也好,都要有规矩,不能由着性子来。这个规矩,就是"法"。

问:依法行赏,依法行罚?
答:不错。赏,只能奖赏谨守法令的人,这就叫"赏存乎慎法"。罚,也只能惩罚触犯禁令的人,这就叫"罚加乎奸令"。而且,奖惩赏罚,不但要到位,还得合法。之前怎么定的规矩,就怎么做。这用韩非的话说,就叫"以法治国"。

问:治老百姓吧?
答:主要是治老百姓。因为在法家看来,该守法又可能会犯法的,就是人民。因此,法家之法这根标杆,虽然由官方制定,却必须牢牢立在百姓心中。立在那里干什么呢?让他们知道好歹,知道厉害。这就叫"刑罚必于民心"。而且,在韩非看来,统治人民,没有比这更好的手段,这就叫"一民之轨,莫如法"。

问:那么,对付官员,为什么不能也用"法"呢?对付官员的手段,不也是奖惩赏罚这"二柄",不也该照规矩办事吗?为什么还要有"术"呢?

答:对付官员,当然也可以用"法",而且应该用"法",这个没有问题。问题是官员的身份特殊。我们知道,老百姓是纯粹的"民",手上没有"公权力",一个"法"就足以对付。官员手上却是有权的。这就麻烦了。比方说,他以权谋私怎么办,犯上作乱又怎么办?这就要有办法暗中防范,暗中对付。韩非教给君主的办法,就是"术",即权术谋略。

问:就是说,用权术和谋略来私下里对付官员?

答:当然。这一套,绝不能公开。所以韩非说,"术",是必须"藏之于胸中"的,而且,还必须藏得严严实实,这样才能"潜御群臣"。潜御,就是暗中驾驭。一个"潜"字,道破了所有的天机。

问:"法"呢?

答:正好相反,必须公开。因为"法"是对付大多数人的,"术"则是对付极少数人的。所以,"法",越公开越好,要让人民群众无论贵贱贤愚都知道;"术",越秘密越灵,就连最亲近最宠信的人也不能得知。这就叫"法莫如显而术不欲见（现）"。

问：一明一暗？

答：是。刑罚是公开的明控制，权谋是私下的暗控制。

问：明用法，暗用术？

答：对，而且两手都要硬。韩非说，君主无术，就受制于人；民众无法，就犯上作乱。这就叫"君无术则弊于上，臣无法则乱于下"。

问：看来，术与法，无非是统治的两手嘛！

答：是啊！所以韩非说，术与法"皆帝王之具也"。不过，君主能够用术用法，还因为他有权有势。所以，势的作用也不可小看。势立威，术驭臣，法制民，它们都是人君手中的"刀"，故曰"三刀"。

问：什么"刀"？

答：既是指挥刀，也是杀人的刀，韩非称之为"杀生之柄"，即生杀予夺之权。

问：我看是三个臭鸡蛋。

答：不过，那"鸡蛋"里面，恐怕也有"骨头"。

十六　鸡蛋里面也有骨头

相对于权术、权谋，韩非认为制度更根本，也更可靠。因为这制度在设计的时候，就根本没指望官员和老百姓是圣人。

法家是最成功的，
也是问题最大的

问：你说法家"鸡蛋里面也有骨头"，有根据吗？
答：还是请你先讲讲，为什么说法家的主张是"臭鸡蛋"吧！

问：好吧！说实话，我听你讲法家，越听越不是滋味。什么明的暗的、软的硬的，又是奖惩赏罚，又是威势权谋，表面上"以法治国"，实际上"玩弄权术"。说到底，不就是为了维护君主帝王的专制独裁吗？这真是奇臭无比！
答：你说得对，但也并不奇怪。我们前面不是早就说过吗？儒家代表的是"文士的哲学"，墨家代表的是"武士的哲学"，道家代表的是"隐士的哲学"，法家代表的是"谋士的哲学"嘛！所以，儒、墨、道三家都可以"为天下谋"，唯独法家，却一定只会"为君主谋"。这是法家区别于前三家的根本之处。而且，也正因为如此，法家最成功，同时问题也最大。

问：为什么最成功？
答：因为当时的任何政治主张，都只能通过君主来实现。法家的主张既然能够为君主谋取利益，当然最对君主的胃口，也就最能够成功。

问：为什么问题最大？

答：因为他们心里只有君主，没有别人。

问：任何别人都没有吗？

答：没有，包括他们自己。在法家设计的政治方案中，是连保护自己的环节都没有的。结果，献刀的是法家。被君主拿来祭刀、试刀的，也是法家。商鞅、韩非，都如此。他们的死，我在《先秦诸子》一书中有详细介绍，这里不多说。

问：商鞅和韩非，怎么连自己的命都保不住呢？

答：就因为他们的法，是"王法"。既然是"王法"，当然只维护君主的统治，不保护人民的权益。比方说，商鞅被诬告，有"辩护权"吗？没有。韩非被谋杀，有"保护法"吗？也没有。他们死前，既没有公开审判，也没有辩护律师。为什么没有？就因为他们的法是"帝王之法"，不是"人民之法"嘛！所以，法家的"法治"，绝不是真正的"法治"。他们的"以法治国"，和我们今天的"以法治国"，也绝不可以相提并论。也因此，在讲到法家的时候，我一贯主张要说"法家之法"或"法家的法治"，以免混淆视听。

问：能不能换一个词呢？

答：我是把法家所谓"法治"称为"律治"或"刑治"的，但不容易被人接受，同时也有不便之处，就先不换吧！总之我们要记住，法家是"法中无人"的。

问：什么叫"法中无人"？

答：就是没有保护人民群众合法权益的立法精神，也没有这方面的相应条款。这是法家之法最根本的问题。

问：其次呢？

答：立法太严，执法太苛。比如商鞅规定，但凡不务农而经商，或者干农活不卖力的，老婆孩子都要被收为官奴。治安的要求，则是乱扔垃圾都要受肉刑。难怪商鞅一天就能杀七百人，有的是理由嘛！

问：暴政啊？

答：当然不是什么"仁政"，但也不是"暴政"，至少法家自己不承认。因为韩非的说法，是"仁暴者，皆亡国者也"，也就是仁政、暴政都要不得。

问：那该叫什么？

答：苛政。比方说，有一次韩昭侯酒醉睡着了，管帽子的小吏给他盖了一件衣服，结果是管衣服和管帽子的都被杀头。前者的罪名是失职，后者的罪名是越位，统统该死。

问：是够苛刻的。

答：苛政猛于虎，老百姓还是受不了。

问：还有吗？

答：有。比如在法家"祖师爷"管仲的统治下，人民没有迁徙和改变职业的自由；而按照韩非的主张，人民甚至没有思想言论的自由。韩非有句名言，叫做"禁奸之法，太上禁其心，其次禁其言，其次禁其事"。

问：什么意思？
答：禁其事，就是不准乱动；禁其言，就是不准乱说；禁其心，就是不准乱想。

问：既不能"乱说乱动"，更不能"胡思乱想"？
答：正是。众所周知，现代法治的原则，是只禁止某些（不是一切）行动，不禁止思想和言论。可是韩非他们刚好相反，首先要禁的，就是思想。

问：怎么禁呢？
答：把所有的思想文化遗产都消灭掉，只留下国家法令和政府官员，谓之"明主之国，无书简之文，以法为教；无先王之语，以吏为师"。

问：哼！所以说法家思想是"臭鸡蛋"嘛！
答：但是里面也有"骨头"，也有可以抽象继承的东西。

看出"制度比人可靠",
是法家的深刻之处

问:法家的思想,有什么可以继承的?

答:这就必须先来看看,他们为什么要主张"苛政",为什么要设计"两面三刀"。

问:你说为什么?

答:为了保证世袭的君主坐稳江山。韩非他们很清楚,在世袭制的前提下,君主的个人资质是靠不住的。你怎么能保证他们个个都天纵聪明,生性仁德,有如尧舜?不可能。所以,只能把他们当作普通人来看待。

问:君主是普通人,怎么就要行苛政呢?

答:就因为他们既比不上先王,又比不上圣人,甚至比不上贤人。先王有丰功伟绩,圣人有高风亮节,贤人有聪明才智,因此都有崇高威望。这就镇得住。普通人没有这些本钱,就得靠别的。靠什么?法家认为一靠权势,二靠手段,三靠威胁利诱,四靠严刑峻法。但最根本的,还是要靠体现了这一切要素的政策法令、规章制度,即"法家之法"。

问:为什么?

答:因为维持威势,使用权谋,也要有本事。君主如果弱智,就未必学得会。因此,最好的办法,还是把国家体制设计为一架程序自动化、可以自行运转的机器。君主的任务，只是掌控按钮。帝王治天下，只要按一下，这可是再笨的人也能做的。

问：哈！原来法家的制度，是为笨蛋设计的。
答：也是为"聪明蛋"设计的。

问：谁是"聪明蛋"？
答：官员呀！世袭的君主可能是"笨蛋"，非世袭的官员却多半是"聪明蛋"。聪明当然不错，但有才未必有德。如果既缺德又多才，麻烦就大了。至少，那笨蛋管不住吧？

问：就不能德才兼备吗？
答：这当然好，可上哪儿找那么多德才兼备的官员？韩非说，一个国家，需要的官员成百上千。德才兼备的人呢？掰着手指头，十个都数不出来。所有的官员都德才兼备，恐怕是不现实的。

问：那又怎么办？
答：把官员也看作普通人。

问：普通人又怎么样？
答：普通人的共同心理，就是"趋利避害"。这是人性的本能。因此，韩非认为，重赏之下，必有勇夫；高压之下，必有良民。这是屡试不爽的，官员也不例外。

问：又说回来了，这不还是奖惩赏罚那"二柄"吗？

答：但是要有制度保证。也就是说，必须明确规定，一个人，如果做了某种好事，就肯定能得到奖赏，而且肯定会被赏得没齿不忘；如果做了某种坏事，则肯定会受到惩罚，而且肯定会被罚得魂飞魄散。但不论赏与罚，都必须依法办事，始终如一，形成制度，也就是"制度化"。这对于管理官员特别重要。

问：为什么对官员就特别重要呢？

答：因为官员虽然在道德上是"普通人"，在智力上却往往是"聪明蛋"呀！君主的奖惩赏罚如果随心所欲，因人而异，他就会耍心眼、钻空子、投机取巧。相反，如果"制度化"，聪明的他立刻就会明白，只有遵纪守法、克己奉公，才对自己最有利。久而久之，习惯成自然，君主不就高枕无忧，可以"垂拱而治"了吗？

问：重赏和高压，就那么可靠吗？

答：韩非说可靠。当然，不吃这一套的也有。比如大隐士许由，就收买不了；大侠客盗跖，也恐吓不了。但这是少数人，个别人。治理国家，设计制度，却应该考虑多数人，一般人。韩非说，政治，是针对普通人的（治也者，治常者也）；规则，也是针对普通人的（道也者，道常者也）。不针对普通人，则"治国用民之道失矣"。所以，政治家应该"用众而舍寡"，依靠适合普通人的制度，而不是个别人才有的道德，这就叫"不务德而务法"。

问：针对普通人来设计政治制度，就万无一失吗？

答：万无一失谈不上，十有八九吧！所以除了"法"，还得有"术"嘛！不过，相对于权术、权谋，韩非认为制度更根本，也更可靠。因为这制度在设计的时候，就根本没指望官员和老百姓是圣人。韩非说，高明的君主治理国家，绝不寄希望于人人自觉行善（不恃人之为吾善也），而只着眼于他们不干坏事（用其不得为非也）。怎样防止人们干坏事？办法也只有一个，就是通过一整套切实可行的制度，让人们不敢作恶，不能作恶，想做也做不了。这就叫"恃人之为吾善也，境内不什数；用人不得为非，一国可使齐"。

问：制度比人可靠？

答：对！看出这一点，正是法家比儒、墨、道三家深刻的地方。但要注意，法家设计的这个制度本身，是有问题的。换句话说，法家设计的专制制度，不能要；主张"制度比人可靠"，很高明。因此，对于法家留下的这笔遗产，我们只能抽象继承。

韩非的"法治三原则"，也应该抽象继承

问：法家留下的遗产，还有可以继承的吗？

答：有啊！比如立法公开、执法公正、司法公平，就可以继承，也应该继承。

问：法家也主张公开、公正、公平？

答：主张。韩非所谓"法莫如显","使民知之",就是公开；所谓"法不阿贵，绳不挠曲",就是公正；所谓"刑过不避大臣，赏善不遗匹夫",就是公平。

问：韩非怎么会有这样的主张？
答：恐怕还因为他的方案，是为普通人设计的。普通人治国，不能靠本事，只能靠制度，靠"法"。既然要"以法治国"，立法就得公开，执法就得公正，司法就得公平，否则法就没有威望。法没了威望，那些除了世袭的爵位要啥没啥的君主，还能指望谁呢？所以韩非一再说，赏罚二柄虽然是君权，但行使的依据，却只能是国家的法令，不能是个人的好恶。

问：君掌权，法治国？
答：对！这就非"依法""守法"不可。事实上，你要使用某种工具，就得遵循这种工具的规律。而且，你一旦使用了某种工具，就会受到它的制约。所以，法家的"法治"虽然不是真正意义上的法治或现代意义上的法治，却还是会有法治的某些基本特征。

问：什么特征？
答：铁面无私。法家为什么极力主张"法治"？就因为"人治"靠不住。"法治"为什么比"人治"可靠？则因为"法"不是"人"。法不是人，所以法治的特点，就是无私无情，只认法，不认人。这就意味深长了。

问：意味着什么？

答：法律面前，应该人人平等，必须人人平等，也只能人人平等。

问：法家是这样认为吗？

答：不但这样认为，而且身体力行。比如商鞅，就连太子的罪都敢治。虽然最后只治了太子的师傅，但按照"打狗欺主"的逻辑，其实就是治太子罪了。可见"王子犯法与庶民同罪"，在法家那里并不是空话。甚至就连商鞅的死，也证明了这一点，即法律一旦成立，就对所有的人同等有效，而且必须同等有效，包括立法者本人，比如商鞅自己。

问：韩非也这样做了吗？

答：韩非没有机会实践，但他提出了极为重要的"法治三原则"。

问：哪三个原则？

答：一、固、显。韩非的原话，是"法莫如显""法莫如一而固，使民知之"。

问：什么意思？

答：一，就是统一，也是唯一。固，就是固定。显，就是公开。也就是说，法，是统一的标准，唯一的标准，固定的标准，公开的标准。

问：那又怎么样？

答：标准统一，就不能因人而异。标准唯一，就不能政出多门。

标准固定，就不能朝令夕改。标准公开，就不能暗箱操作。这样一来，任何人想做手脚，都弄不成。这就有可能实现社会的公平与正义，实现人与人的平等。当然，只是有可能而已。

问：这可是墨家的理想啊！
答：正是。但墨家有理想，没办法，法家却把这个办法找出来了。人与人，怎样才能实现平等？有法就有可能，法律面前人人平等嘛！同样，立法公开，执法公正，司法公平，社会也就有了正义。至于墨家留下的问题——平等以后听谁的，法家也解决了。

问：听谁的？
答：听"法"的。法，是统一、唯一、固定、公开的标准嘛！

问：没错，墨家的问题解决了。
答：同样，道家的问题也解决了。道家的问题，是社会不能治理，越治越乱；又不能不治，不治也乱。所以道家的主张，其实是不要人来治，或者人不要治。

问：人不治，谁来治呢？
答：法来治呀！所谓"法治"，就是"人不治，法来治；法治国，人无为"嘛！

问：哈！道家的主张，也能实现了。
答：其实就连儒家的希望，也能实现。儒家的希望是什么？天下有道。天下有道是什么状态？秩序井然。那么，法治的结果，又该是什么样子呢？

问：也是秩序井然吧？

答：当然。所以，一个"以法治国"，就把儒家和道家统一起来了，即"无为而有序"。同时，也把儒家和墨家统一起来了，即"有序而平等"。既有序，又平等，还无为，儒家的希望，墨家的理想，道家的主张，岂不都可以实现了吗？

问：咦！看来法家这"臭鸡蛋"里还真有"骨头"呀？

答：事实上，作为我们民族历史上最伟大的思想者，儒、墨、道、法四家都给我们留下了宝贵的思想文化遗产，没有谁是一钱不值、一无是处的。甚至就连回顾一下他们对某些问题的争论，都会对我们有所启迪。

问：比方说？
答：人性问题。

十七　人性是个大问题

先秦诸子发现，国家和社会之所以有问题，归根结底还是人心和人性出了问题。所以，要"救世"，就得先"救人"；而要"救人"，又得先"救心"。

救世先救人，救人先救心，所以人性是问题

问：咱们不是讨论"救世"吗，怎么说到人性了？

答：很简单，就因为先秦诸子发现，国家和社会之所以有问题，归根结底还是人心和人性出了问题。所以，要"救世"，就得先"救人"；而要"救人"，又得先"救心"。

问：好像有道理。

答：当然有。就说以前的金融风暴吧，表面上看，是经济出了问题，市场出了问题，但说到底，恐怕还是社会出了问题，人性出了问题。所以，要"救市"，还得先"救世"。

问：救市先救世，救世先救人，救人先救心？

答：正是。世道在人心嘛！

问：谁最先发现这个问题的？

答：孔子。孔子不是痛心疾首于当时的"礼坏乐崩"吗？那他就必须思考礼为什么坏，乐为什么崩。孔子不是希望"克己复礼"吗？那他就必须回答什么是礼，什么是乐。孔子曾经反问，礼，难道就是礼物，就是玉器和丝绸吗（礼云礼云，玉帛云乎哉）？乐，难道就是乐

器,就是金钟和皮鼓吗(乐云乐云,钟鼓云乎哉)?当然不是。

问:那是什么?

答:爱呀!比方说,三年之丧,就是为了表达爱心。孔子说,一个小孩子,长到三岁,父母亲才不抱他了,这就是"三年之爱于其父母"。所以,父母去世,做子女的,也要披麻戴孝,守丧三年,作为"子生三年,然后免于父母之怀"的回报。

问:所有的礼都是爱吗?

答:本质上都是。乐,就更是。没有爱,又哪有音乐,哪有快乐?所以孔子说,明明是个人,却没有爱心,那他会拿礼怎么样(人而不仁,如礼何),又会拿乐怎么样(人而不仁,如乐何)?不当回事呗!不当回事,可就什么事情都干得出来,"是可忍孰不可忍"嘛!

问:是可忍孰不可忍,是这个意思吗?

答:解释之一吧!孔子的原话,是"是可忍也,孰不可忍也"。这话通常的解释,是"这样的事都能容忍,还有什么不能容忍"。但也有另一种解释,是"这样的事都能忍心做出来,还有什么狠不下的心、做不出的事"。总之,一旦没了爱心,就礼也没了,乐也没了,礼坏乐崩。所以,问题的根本在人心。

问:孔子之后,墨子也这样认为吗?

答:也是。墨子说得很清楚,当时的社会问题,全都"以不相爱生"。不同的是,孔子认为,因为没有爱,所以"犯上作乱"。墨子认为，因为没有爱，所以"弱肉强食"。因此，孔子主张有差别、有等级的"仁爱"，墨子主张无差别、无等级的"兼爱"。也就是说，他们看到的"症状"不一样，开出的"药方"也不一样，但认为问题出在人心，一样。

问：孔、墨之后呢？
答：庄子也有类似看法。不过，庄子并不认为问题出在"没了爱心"。

问：那他认为问题出在哪里？
答：没了真情。这里说的"情"，是"性情"，也就是天生的、自然的、真实的人性。庄子认为，"真性情"这个东西，人类原本是有的。但自从黄帝治天下，历经尧、舜、禹一路折腾，再加上儒家、墨家摇唇鼓舌，蛊惑人心，就弄得一点都没有了。

问：这事你前面好像说过。
答：对，在"不折腾，才有救"。

问：这就是说，庄子认为问题出在"失真"，孔子、墨子认为问题出在"失善"？
答：是的。不过，孔、墨对"善"的理解又不同。孔子讲"君臣父子"，墨子讲"人人平等"嘛！至于庄子，则讲"天性自由"。所以，儒、墨、道三家，虽然都认为问题的根本在人心、在人性，但他们的"救世主张"却不会相同。

问：法家呢？

答：法家当中，主要是韩非涉及这一点。韩非也认为问题的根本在人心、在人性，但他不认为是人心和人性"出了问题"。

问：那是什么？

答：人心和人性，本来就有问题。

问：有什么问题？

答：恶，而且本来就恶，天生就恶，永远都恶，即"人性本恶"。

问：性恶论？这不是荀子的观点吗？

答：不！说荀子主张"人性本恶"，是误读。真正主张"人性本恶"的，是韩非。正因为韩非有此主张，他才会认为"制度比人可靠"。制度为什么可靠？因为制度不是人。人为什么靠不住？因为"人性本恶"。不过这样一来，问题就大了。

问：怎么问题就大了呢？

答：很简单，如果人性是善的，哪怕不善不恶，或者无所谓善恶，这人心就还有救，世道也还有救。相反，如果"人性本恶"，那可就真是没救了。

孟子的"人性向善"，
为仁义道德提供了人性的依据

问：那么请问，人性，究竟是善的，还是恶的？

答：这可说不清，我只能把各家各派的观点简单说说。结论嘛，请大家自己去做。

问：行，愿闻其详。

答：历史上第一个提出人性问题的人，是告子。

问：告子是什么人？

答：不太清楚。但他在《墨子》一书中出现过，又和孟子辩论过，因此其年龄应该比墨子小，比孟子大。他和孟子的辩论，主要就是谈人性问题。

问：告子是什么观点？

答：人性无善恶。告子认为，人性原本就没有什么善不善的（人性之无分于善不善也）。人性就像水（性犹湍水也），东边开了口子，它就往东流（决诸东方则东流）；西边开了口子，它就往西流（决诸西方则西流）。哪有什么善恶之分？

问：孟子怎么说？

答：孟子说，不错，水流确实无所谓东西（水信无分于东西），但难道也不分上下（无分于上下乎）？既然水不会往高处流，那么，人也就不会不向善。"人无有不善",正如"水无有不下",这就叫"水性向下,人性向善"。

问:人往高处走,水往低处流?
答:是啊,难道还有问题吗?

问:有。人既然是"无有不善"的,为什么还会有人作恶呢?
答:环境所致,条件使然。孟子说,丰年人多懒惰,灾年人多强横,难道是人们天性懒惰,天性强横吗?不是。是什么?环境和条件"陷溺其心"。这就好比水,原本是往低处流的,如果你把它堵起来,也会上山(激而行之,可使在山)。但是,你能说这就是水的本性吗(是岂水之性哉)?

问:这么说,人性本善?
答:不,只能说"人性向善"。

问:为什么?
答:因为孟子的说法,是"人性之善也,犹水之就下也"。也就是说,人性的善,就像水往低处流一样,只是一种趋势,一种方向,一种可能性。更何况,孟子根本就不承认人有什么天性,或者讨论这天性有什么意义。孟子曾经问告子:你说天生的就叫"性"(生之谓性),好比白就叫白(犹白之谓白与),是吗?

问:告子怎么说?

答：告子说，是。于是孟子又问，白羽的白就是白雪的白，白雪的白就是白玉的白吗？

问：告子又怎么说？
答：告子又说，正是。于是孟子再问，那么，狗性就是牛性，牛性就是人性吗？

问：什么意思？
答：意思很清楚。第一，不要抽象地谈人性。抽象地谈，羽毛、雪、玉，可能都一样（都是白的）。但是，它们当真一样吗？单单拎出一个"白"来讲，有什么意思呢？

问：第二呢？
答：第二，也不要谈什么"人的天性"。论天性，人与动物没什么区别，无非就是告子说的吃东西、生孩子（食、色，性也）。可惜这些事，动物也会，也想，也能。如果这就是"人性"，岂非"犬之性犹牛之性，牛之性犹人之性"？所以，要么别谈人性，如果一定要谈，就得谈人的社会属性，不能只谈自然属性，更不能把人性等同于人的自然属性。所以，没什么"人性本善"，而只有"人性向善"。

问：孟子的这个说法，又有什么意义呢？
答：意义就在为儒家主张的仁义道德提供了人性的依据。这是孟子对儒学的贡献。不过孟子也有不足之处，也有问题。

问：什么问题？

答：第一，人性当中向善的可能性，是从哪里来的？孟子的说法，是"我固有之"而"非由外铄"，这不还是"天性"吗？难怪许多学者认为孟子主张"人性本善"了。但是，如果人性本来就是善的，那么请问，以何为本，又从何而来？这可是孟子回答不了也说不清楚的，这就留下了第一个漏洞。

问：第二个呢？

答：就是人的向善，既然"犹水之就下"，那他怎么又会作恶呢？孟子说，是环境和条件使然。说白了，也就是"逼良为娼"。但我们知道，环境和条件，有自然的，也有人为的。于是我们就要问，像"水往低处流"一样向善的人，为什么又会创造出一种"逼良为娼"的环境和条件呢？这个问题，孟子也回答不了。

问：谁能回答？

答：荀子。

荀子的"人性有恶"，
为礼乐制度提供了人性的依据

问：荀子怎么回答？

答：荀子说，孟子主张"性善"，是并不真懂人性（是不及知人之性）。因为他不知道应该把人性分成两半，区别对待，也就是"不察乎人之性伪之分"。

问：什么叫"性伪之分"？
答：就是人性由两个部分组成，一个叫"性"，一个叫"伪"。

问：什么叫"性"？
答：天生如此的就叫做"性"（生之所以然者谓之性）。

问：什么叫"伪"？
答：但凡"可学而能，可事而成"，事在人为（在人者）的，就叫做"伪"。可见所谓"伪"，就是人的社会属性。所谓"性"，则是人的自然属性。两方面加起来，才相当于我们今天说的"人性"。这个分析，在荀子那里就叫做"性伪之分"。

问：分清楚这个，又有什么意义呢？
答：就能回答恶从哪里来，善又从哪里来，以及怎样把恶变成善。

问：那么，恶从哪里来？
答：从人的自然属性来。因为人类先天的那个"性"，是"恶"嘛！

问：善又从哪里来？
答：从人的社会属性来。人的社会属性，就是"伪"。伪，就是"人为"。只有社会的、人为的"伪"，才是"善"。自然的、天生的"性"，则是"恶"。这就叫"人之性恶，其善者伪也"，是荀子"人性论"的核心观点。

问：自然的、天生的"性"是恶的，这不就是"人性本恶"吗？就算要讲"性伪之分"，那个恶的"性"，也是与生俱来、在"伪"之先的呀！难道不是"本"？

答：你这样说，也有道理。问题是，荀子讲的"人性"，是一个整体，其中既包括"性"，也包括"伪"。而且，在荀子看来，这个后天的"伪"，才真正称得上是"人性"。因为说到底，先天的、恶的"性"，只是人的动物性。

问：动物性就不是人性？

答：当然。在《非相》篇，在《王制》篇，荀子甚至明确指出，人之为人，绝不仅仅因为他双腿直立，身上无毛（非特以二足而无毛也），而是因为他不但有物质、有生命、有感知，还有道德（有气、有生、有知，亦且有义），这才"最为天下贵"。人的高贵既然在于道德，荀子怎么会认为"人性恶"？荀子既然已经能够区别"生物学意义上的人"与"社会学意义上的人"，又怎么会把动物性看作人性？顶多也就算是人性的一部分，还是次要的。

问：那又该怎样表述荀子的观点？

答：人性有恶。而且，还必须强调三点。第一，人性有恶也有善。第二，人性中的恶是非本质的，善才是本质。第三，人性中非本质的恶，可以通过本质的善来战胜和克服。

问：怎样战胜？怎样克服？

答：荀子的说法，是"化性而起伪"。化，就是改造。化性，就是改造天性。起，就是兴起。起伪，就是兴起善心。荀子认为，只要改造了性，镇压了恶，人就会变善。这样一来，前面提出的三个问题（恶从哪里来，善从哪里来，怎样把恶变成善），便都解决了。

问：孟子留下的问题，也解决了。

答：而且殊途同归。孟子说，只要一心向善，则"人皆可以为尧舜"；荀子说，只要认真改造，则"涂之人可以为禹"。显然，他们都认为普通人也能变成圣人，只不过方式和途径不同。孟子的办法是"学习尧舜禹"，荀子的办法是"改造世界观"。

问：那么，请问靠什么来"改造人性"？

答：礼乐教化。礼，是改造性的。乐，是改造情的。性和情，都是"性"；礼和乐，都是"伪"。既然"无伪则性不能自美"，那就非有礼乐不可。所以，荀子的"人性有恶"，就为儒家主张的礼乐制度提供了人性的依据。这是荀子对儒学的贡献。

问：孟子提供了仁义道德的人性依据，荀子提供了礼乐制度的人性依据？

答：正是。仁义礼乐，都说全了。所以到了荀子，先秦儒家也就终结。而且，从儒家发展到法家，也就只有一步之遥。也因此，荀子这个儒家大师，就教出了两个赫赫有名的法家学生。众所周知，他们就是韩非和李斯。

问：为什么只有一步之遥？

答：就因为礼乐是制度，而法家最看重的，也是制度。不过，韩非的制度与荀子的制度是不一样的。荀子主张的，是"礼乐制度"；韩非主张的，则是"刑法制度"。其原因，就在于他们对人性的看法不同。荀子只是认为"人性有恶"，韩非才真认为"人性本恶"。

问："人性有恶"与"人性本恶"，又有什么不同？

答：人性有恶，就意味着同时还有善。这就还有希望，可以礼乐教化，以德治国。因此荀子走得再远，也还在儒家门内。人性本恶，就没那么好说话了，只能依靠制度，依靠法律，甚至像韩非主张的那样，依靠威胁利诱，严刑峻法。所以，"人性有恶"与"人性本恶"虽然只有一字之差，但由此产生的分歧却是水火不容。

问：儒法之争的根本，就在这里？

答：对！争论的核心，则是要"德治"，还是要"法治"。

十八　德治还是法治

迄今为止,世界上都没有完美的制度,只有"最不坏"的制度;而那些"最不坏"的,又往往比自以为"最好"的好。

韩非"直面惨淡的人生"，
不动声色地说出了人性中的恶

问：儒法两家的分歧，主要就在"德治"与"法治"？
答：是！儒家主张"以德治国"，法家主张"以法治国"。

问：这个分歧，与他们对人性的认识有关？
答：没错。韩非说，儒家和墨家，都讲爱（仁爱或兼爱），也都讲道德（礼让或互利）。但是请问，在现实生活中，真正起作用的，是爱，是道德吗？不是。

问：那是什么？
答：是"利害"。韩非说，长工种地，地主又是送饭，又是给钱，是因为爱长工、讲道德吗？不，是希望长工多卖力气。长工精耕细作，挥汗如雨，是因为爱地主、讲道德吗？也不是，是为了多吃好饭，多拿工钱。所以，开马车铺的都希望别人富贵，开棺材铺的都希望别人早死。这不是因为前者仁慈后者残忍，而是因为没人富贵，马车就卖不出去；没人死亡，棺材就卖不出去。马车铺老板也好，棺材铺老板也好，都不过是为自己打算，没什么道德不道德、仁义不仁义的问题。当然，也没什么爱不爱。

问：人与人，只有利害关系？

答：韩非认为是。因此，在他看来，人与人之间，也没什么"礼让"或者"互利"，只有"算计"，甚至"防范"。

问：都是这样？

答：君臣、父子、夫妻，都一样。韩非说，做君主的，为什么要封官许愿、重金悬赏？就是为了收买臣民，让他们为自己卖命（所以易民死命也）。同样，做臣子的，又为什么要尽心尽力，勤劳国事？还不是为了升官发财！可见君与臣，无非一个出卖官爵和俸禄，另一个出卖智力和体力，不过买卖关系。这就要算计。于国有利，于己无利的事，臣不会做；于臣有利，于国无利的事，君也不会做。所以说"君臣也者，以计合者也"。

问：父子之间应该有爱吧？

答：也没有。韩非说，寻常人家，生了男孩就庆贺，生了女孩就弄死，因为男孩是劳动力，女孩是赔钱货。可见父母对于子女，也是用计算之心以相待的。

问：夫妻之间也没有爱吗？

答：更没有。韩非说，卫国有一对夫妻做祷告。老婆说，但愿我们平安无事，赚一百束布。老公说，怎么才要这么一点？老婆说，够了！要多了，他就会去包二奶。你看，这不是只有"算计"，只有"防范"吗？所以韩非一再告诫那些君王，千万不要相信别人，尤其不能相信你的老婆孩子。

问：为什么不能相信？

答：因为君王之利实在是太大了，足以让人想入非非，铤而走险。一旦相信别人，没了警惕性，就很有可能给那些乱臣贼子以可乘之机。

问：老婆孩子，怎么就尤其不能相信呢？

答：因为君王的老婆孩子，利害关系最大呀！我们知道，一般地说，一个君王不会只有一个儿子，这些儿子也未必都出自同一个母亲，但继位为君的儿子却只有一个。这个儿子接了班，他的母亲就是太后，可谓子也君，母也君。其他的儿子和他们的母亲呢？子也臣，母也臣。这可是天壤之别。

问：谁当接班人，不是有规矩、有制度吗？

答：那是"天下有道"时的事，"礼坏乐崩"的时候就不好说了，君主完全可能由着性子胡来。更糟糕的是，按照韩非的说法，男人到了五十岁还很好色（*丈夫年五十而好色未解*），女人过了三十就看不得（*妇人年三十而美色衰矣*）。母亲一旦失宠，儿子的储君地位就会动摇。这时，最大的"利"，就会变成最大的"害"。

问：那又怎么办？

答：只有抢班夺权，干掉那好色的、宠爱小老婆和小儿子的在位之君。这个时候，毒酒之类的东西，绞杀之类的手段，可就派得上用场了。王后和太子近在君侧，做起来是很便当的。于是韩非感叹说，既然老婆孩子都相信不得，还有谁可以相信呢？没有了（*以妻之近与子*

之亲而犹不可信,则其余无可信者矣)。

问:这话听起来真让人起鸡皮疙瘩。

答:是啊!韩非可以说是"直面惨淡的人生",而且是惊心动魄地"直面"!在中国历史上,似乎没有谁,像他这样说出了人性中恶的一面,而且还说得那么直白,那么冷峻,那么不动声色。这可真是让人难以接受。但是,在读过《韩非子》以后,你不觉得孔子的"克己复礼"有点迂腐,墨子的"兼爱天下"有点矫情,庄子的"自在逍遥"有点轻飘飘吗?在韩非这种沉甸甸的冷峻面前,孔子的厚道,墨子的执著,庄子的浪漫,几乎一下子就失去了分量,变得单薄、空洞、苍白无力,甚至滑稽可笑。这就是真实的力量。

问:于是,韩非不再相信人,只相信制度?

答:其实就连制度,韩非也不全信。只不过在他看来,多少能够起点作用的,也就是制度。其余那些,比如思想工作、道德教育、舆论监督等等,全都没有用。

利害与善恶,
不过是同一个问题的不同说法

问:韩非为什么会有这样的观点?

答:因为他想清楚了一个问题,那就是世界上为什么会有善、有恶。这个问题,我们也应该想一想。想不清这一点,就回答不了前面的问题。

问：怎么想？

答：问动机呀！请问，有人作恶，是因为他们有此嗜好吗？当然不是。那么，反过来也一样。有人做好事，也不一定是因为他们喜欢行善。

问：怎么就不会有人喜欢行善呢？

答：从辩证法的角度来看，如果有人喜欢行善，就会有人倾向于作恶。因此，我们又得进一步探究：同样是人，为什么会有人喜欢行善，而有人倾向于作恶呢？

问：天性。解释为天性，不行吗？

答：不行。人，都是一样的。人性，也都是一样的。不一样，就不能叫"人性"。因此，人的天性，要么像孟子说的那样，是"向善"的；要么像韩非说的那样，是"本恶"的。但无论如何，都不可能一部分人"天性向善"，另一部分人"天性嗜恶"。

问：荀子不是说人性有善有恶吗？

答：那是指同一个人，不是指不同的人。也就是说，在同一个人身上，既有善，也有恶。所以，同一个人，可能会有时候行善，有时候作恶。这又反过来说明，作恶和行善，绝不是天性使然，不是某些人天生喜欢行善，某些人天生喜欢作恶。

问：那是什么？

答：利害使然。韩非说："安利者就之，危害者去之，此人之情也。"也就是说，人，都是趋利避害的。利之所至，趋之若鹜；害之所加，则避之唯恐不及。这是人之常情。如果利害关系不大，或许还能讲点道德，守点规矩。一旦诱惑无法抵御，或者危害难以承受，恐怕就顾不上什么道德不道德，甚至法令不法令了。

问：有证据吗？

答：有，韩非就讲过这样的故事。这故事说，楚成王先是立商臣（也就是后来的楚穆王）为太子，后来又打算改立他人。商臣就去找自己的老师潘崇，问应该怎么办。潘崇问：你能接受事实吗？商臣说，不能。潘崇又问：你能出国避难吗？商臣又说，不能。潘崇再问：你能发动政变吗？商臣说，能。结果商臣带兵逼宫，请他老爸上吊自杀了。这个商臣，岂能不知"杀父弑君"是"罪大恶极"？当然知道。但是利害关系太大，也就只好对不起。

问：做好事，也是出于利害关系吗？

答：在韩非看来也是。地主给长工送饭，长工帮地主干活，归根结底都是为了自己嘛！只不过立场不同，价值判断就不同。对于长工来说是"善"的（比如送饭），对于地主来说却是"利"。反过来也一样。由此可见，利害与善恶，不过是同一个问题的不同说法。在己为利害，在人为善恶，如此而已。硬要讲道德，也只能说，利人利己是善，损人利己是恶。但不论善恶，总归要利己。

问：毫不利己，专门利人呢？

答：我们认为，这个可以有。韩非认为，这个真没有。

问：于己有利，才做好事？

答：是啊！在韩非看来，人不为己，谁肯早起？所以，要鼓励人们做好事，只有一个办法，就是让好人有好报。要防止人们做坏事，也只有一个办法，就是让恶行有严惩。

问：明白了，还是赏罚二柄。

答：没错。所以，就算要进行道德教育，也得把利害关系说清楚了。要告诉大家，做好事其实对自己有利，做坏事其实对自己不利。因为你帮别人，别人也会帮你。你害别人，别人也会害你。是得到祸害好呢，还是得到帮助更合算，诸位自己想吧！

问：这话我怎么听着耳熟啊？是墨子的观点吧？

答：正是。讲功利，讲实惠，承认趋利避害的合理性，是墨家和法家的共同之处。不同的是，墨子以利害说道德，韩非以利害说制度。也就是说，在墨子看来，正因为人都是趋利避害的，所以要讲道德。为什么呢？因为你也不讲道德，我也不讲道德，人人损人利己，结果是大家都受损害。相反，如果都讲道德呢？人人都能得到爱和帮助，包括你自己。

问：这不是很对吗？法家为什么不赞成呢？

答：因为墨子所说，不过是道理。光是道理，谁信服呀？还是得动真格的。或者说，必须让人们实实在在地感受到，好人有好报，恶行有严惩。谁能保证这一点？制度。

问：制度就那么可靠吗？

答：也有靠不住的时候。韩非自己讲的一个故事，就很能说明问题。这故事说，伍子胥逃出楚国，被守关的官吏捕获。伍子胥说：大王之所以通缉我，是因为我有一颗宝贵的珍珠。不过这颗珍珠现在已经丢了。你要是把我送到大王那里去，大王问起来，我就说珍珠被你私吞了，你看着办吧！结果那守关之吏就把伍子胥放了。按说，楚国也是有刑法和制度的吧，怎么不起作用了呢？道理很简单，再完善的制度，也要由人来执行。所以，只有"良法"，没有"好人"，天下还是不能太平。如果只讲制度，不讲道德，那就还会更乱。

以法治国，以德育人，也许能行

问：这个说法奇怪！制度好，人不行，顶多也就是执行不力，怎么还会弄得更乱呢？

答：因为世道在人心。人心坏了，世道岂能不坏？

问：依靠制度来管理社会，就会把人心搞坏吗？

答：孔子认为会。孔子说，用政令来引导（*道之以政*），刑罚来规范（*齐之以刑*），结果只能是"民免而无耻"。

问：什么叫"民免而无耻"？

答：就是人民不敢犯罪，但没有羞耻心。这就仍然有可能作恶，有可能犯罪，尤其是在法治不到之处，执法不严之时。比如楚国那个守关之吏，还不是执法犯法，把伍子胥放跑了？还有《水浒传》里的宋江，干脆给"通缉犯"晁盖通风报信。这种事，多了去了。

问：完善制度，严格执法，不就行了？

答：不行。只要没有羞耻心，就总会有人想犯罪。俗话说，不怕贼偷，就怕贼惦记。想，有时候比"做"还恐怖。单纯依靠制度的结果，既然是"民免而无耻"，岂非培养出一大批时刻都在"惦记着"的"贼"？更何况，有禁，就会有人犯禁。而且，越是禁，就越是有人想犯禁。这样说来，法家的"以法治国"，就简直是拿着肉包子打狗，是教唆犯罪了，所以儒家坚决反对。

问：那又该怎么办？

答：儒家认为，还得靠道德，靠道德的力量。孔子说，用道德来引导（道之以德），礼仪来规范（齐之以礼），人民不但知羞耻，还能自律（有耻且格）。自律，就不但"不敢犯罪"，而且根本就"不想犯罪""不会犯罪"。换句话说，只做好人，不干坏事，也不"惦记"。

问：明白了。在孔子看来，讲法治，靠制度，只能争取人们不做坏事；讲道德，靠教育，才能保证大家都是好人。是不是这样？

答：是。

问：儒家的主张好，标本兼治嘛！
答：好是好，可惜做起来难。

问：为什么？
答：因为道德只能诉诸良心，而良心是每个人自己的事，别人管不了。比如孔子的学生宰予反对"三年之丧"，孔子也只能去问他：父母去世不到三年，你就吃细粮穿丝绸，心里好过吗？宰予说，好过呀！结果孔子毫无办法，只好气呼呼地说：你心安理得，你就那样做好了！你看，孔子的道德主张，连自己的学生都治不了，还能治国？

问：这么说，道德是不能治国的？
答：要"以德治国"，统治者就得率先垂范。这样一来，君王就得是"圣人"，官员就得是"贤人"。他们都必须高风亮节，以身作则，言传身教，才能以德服人，也才能真正推行礼乐教化，对不对？

问：对呀！这有什么不好吗？
答：做得到当然好，做不到呢？也只有一个选择——做假。事实上，历代王朝"以德治国"的结果，并没有保证他们的长治久安，只不过制造出一代又一代的伪君子。这些伪君子是从哪里来的？就是儒家他们设立的圣贤标准逼出来的。

问：法家的"以法治国"就好吗？
答：当然也不十全十美，但至少有一点可取，那就是他们的制度，是按照常人的标准来设计的。这就比较靠得住。毕竟在这个世界上，圣贤总是极少数，常人却是大多数。按照大多数人的尺度来规范，第一，肯定可行；第二，再坏也坏不到哪里去，因为你把最坏的结果都考虑进去了，已经事先做了防范。

问：你的意思，是不求"最好"，只求"最不坏"？
答：至少，在设计制度的时候，只能如此。实际上，迄今为止，世界上都没有完美的制度，只有"最不坏"的制度；而那些"最不坏"的，又往往比自以为"最好"的好。

问：但是，取法乎上，仅得乎中。你以常人为标准，岂非每况愈下？
答：这个批评有道理，所以儒家的主张也不能全盘否定。而且，正如我们前面所说，再完善的制度，也要由人来执行。法再好，人不行，还是不行。这就不能再靠"法治"或者"法制"了。历史证明，法家的"以法为教"，也是失败的。

问：那又该怎么办？
答：以法治国，以德育人，也许能行。事实上，道德虽然不能治国，却可以育人；法制虽然不能育人，却可以治国。这就可以相互补充，也能解决只取一面所产生的问题。不难想象，一个国家，如果法制既健全，社会又道德，岂能不长治久安？

问：这样说来，儒法也可以互补？
答：可以，但不能是历代王朝的"外儒内法""阳儒阴法"，而应该是分工合作、抽象继承。所谓"抽象继承",就是只取其合理内核,不要其具体规定。至于"分工合作",大约可以理解为治国不妨多读法家,育人不妨多读儒家吧!当然,也不能"全盘接受"噢!

十九　相信无尽的力量

既然大多数人都不可能只做好事，不做坏事，那我们凭什么判断一个人是好人还是坏人呢？孟子认为，就看他有没有"不忍之心"。

从"亲亲之爱"出发，
就可以"让世界充满爱"

问：前面你说，以德育人，不妨多读儒家，但不能"全盘接受"，只能"抽象继承"。那么请问，儒家的思想当中，真有可以抽象继承的东西吗？

答：有啊，仁爱就是。

问：仁爱，是孔子的思想吧？

答：主要是孔子的思想，也有孟子的补充和贡献。因为儒家所谓仁爱，实际上包含三个内容，即亲亲之爱、忠恕之道、恻隐之心。其中，亲亲之爱是基础，忠恕之道是方法，恻隐之心是底线。前两个，是孔子提出来的；后一个，则是孟子的补充。

问：什么叫"亲亲之爱"？

答：基本定义，就是爱自己的亲人。在这里，第一个"亲"是动词，亲爱的意思。第二个"亲"是名词，亲人的意思。亲人当中，第一是父母，叫"双亲"；第二则是兄弟。亲爱父母，叫"孝"。亲爱兄弟，叫"悌"。孔子认为，这两种爱，但凡是人就会有，不需要教育，也不需要证明，可谓仁爱的天然基础，所以孟子说"亲亲，仁也"。

问：爱父母，爱兄弟，就是"亲亲之爱"，就是"仁"吗？

答：没这么简单。严格地说，还应该推而广之，泛而化之，才是完整意义上的"亲亲之爱"，也才是完整意义上的"仁爱"。

问：怎么推广，怎么泛化？

答：第一步是顺序延伸，对等相爱。比方说"孝"。孝的本义，是敬爱父母。你看孔子说"孝"，什么"父母在，不远游"，什么"三年无改于父之道"，都是这个意思。对父母既然应该敬爱，那么，父母的父母呢？也该。这就爱到了祖父母。祖父母的父母呢？也该。这又爱到了曾祖父母。总之，从孝敬父母出发，所有的长辈都爱了，这就是"顺序延伸"。

问：对等相爱呢？

答：就是子女应该爱父母，父母也应该爱子女。

问：是这样吗？儒家的主张，不是"君为臣纲，父为子纲，夫为妻纲"吗？

答：你说"三纲五常"啊？对不起，那是后世儒家的主张，不是先秦儒家的主张。先秦儒家，无论孔子、孟子，还是荀子，都没有提出过这种"不平等条约"。相反，在他们看来，人与人之间，虽然"不平等"，却又必须"对等"。

问：什么叫"不平等而对等"？

答：这一点前面其实讲过（请参看第八章"从君权到民权"），就是对所有相对的双方,比如君臣、父子、夫妻,都必须同时提出道德要求,没有谁可以不受道德约束,也没有谁可以不承担道德义务。这就是"对等"。但是,君臣、父子、夫妻,他们的地位是不一样的,要求也是不一样的。卑者(臣、子、妻)地位低,权利少,义务多,因此又是"不平等"。

问:对等,又怎么样呢?
答:子女应该爱父母,父母也必须爱子女。父母的爱,叫做"慈",即"慈爱"。

问:子女要"孝",父母要"慈"?
答:对,合起来就叫"孝慈"。

问:父母既然应该慈爱子女,则子女的子女(孙子女)等等,也都该"顺序延伸"地爱下去。这样一来,从慈爱子女出发,所有的晚辈也都得到了爱,是吧?
答:正是。孝向上,慈向下,所有的长辈和晚辈都有份,这就是纵向的爱。

问:横向的呢?
答:悌啊!友爱兄弟,就是"悌"。亲兄弟该友爱,亲兄弟以外的其他兄弟,比如堂兄弟、表兄弟、族兄弟,以及可以看作兄弟的朋友、同事、老乡,是不是也该友爱?你友爱他们,他们是不是也会友爱你?按照对等原则,当然会,也应该。

问：明白了。这样一来，前后左右，也都有了爱。

答：正确！这就是孔子的高明之处。孝，是纵向的，自下而上。悌，是横向的，由此及彼。有了这一纵一横的两种爱，就可以"从自己做起，从身边做起，让世界充满爱"了。

问：怎么做？

答：将心比心，推己及人。或者用孟子的话说，就是"老吾老以及人之老，幼吾幼以及人之幼"。这是将"亲亲之爱"推广和泛化的第二步。

问：第二步和第一步又有什么不同？

答：第一步是"延伸"，比如从亲兄弟延伸到族兄弟。第二步是"类比"，即只要是老人，就待之以"孝"；只要是小孩，就待之以"慈"。有没有血缘或者亲戚关系，不再成为问题。这样一来，就可以将"亲亲之爱"发扬光大，由亲人（父母兄弟）而亲属（血缘关系）、由亲属而亲戚（婚姻关系）、由亲戚而亲友（朋友关系），以及一切沾亲带故甚至毫不相干者。结果是什么呢？是"四海之内皆兄弟也"。

问：这也是孔子说的吗？

答：是孔子的学生子夏说的，但可以代表孔子的理想和主张。

问：这个主张确实不错，问题是做得到吗？

答：孔子认为做得到，因为他还有实行的方法。

传播和推行"忠恕之道",
将有利于实现世界和平

问:孔子实行仁爱的方法是什么?

答:忠恕之道。

问:什么叫"忠恕之道"?

答:忠,就是"己欲立而立人,己欲达而达人",即"自己希望站得住,也让别人站得住;自己希望行得通,也让别人行得通"。恕,就是"己所不欲,勿施于人",即"自己不愿意的,也不强加于人"。

问:好像也是两面?

答:对!孝悌是一纵一横,忠恕是一正一反。忠,是积极之仁;恕,是消极之仁。

问:恕不如忠?

答:不!消极绝不意味着不好。相反,消极的仁(恕)比积极的仁(忠)更重要。孔子自己,更看重的也是"恕"。

问:是这样吗?

答:是的。子贡曾经问孔子,有没有一句话,可以终身受用、一贯到底(有一言而可以终身行之者乎)?孔子说,也就是恕(其恕乎),就是"己所不欲,勿施于人"吧!

问：孔子为什么会这样说？

答：因为他主张"忠"、主张"仁"，归根结底还是为了每个人的幸福，包括自己以外的别人。正是为了也让别人幸福，这才主张"己欲立而立人，己欲达而达人"，对不对？

问：对呀，有问题吗？

答：有两个问题。第一，作为普通人，未必都有能力让别人立，让别人达。如果"心有余而力不足"，又该怎样实行仁爱呢？

第二，作为普通人，也许大都希望立，希望达。但是，万一别人无此愿望，我们却非得要他立，要他达，岂非"己之所欲，强加于人"？

问：恕，就没有这两个问题吗？

答：没有。第一，己所不欲勿施于人，谁都做得到；第二，彼所不欲勿施于我，谁都同意。恕，是不是更靠得住？而且在我看来，不但更可靠，也更伟大。

问：此话怎讲？

答：因为"恕道"中隐含着一个前提，那就是对他人的尊重。我是人，你也是人，大家都是人。所以，我作为人不愿意的，也决不强加于其他同样是人的对象。这就是人道主义，是一种原始的、朴素的人道主义。而且，正因为它原始、朴素，反倒越来越成为全人类的共识。比方说，联合国大厦里镌刻着这句话。1993年世界宗教领袖大会提出的"黄金规则"，也有这句话。

问:什么是"黄金规则"?

答:就是人与人、国与国、民族与民族、宗教与宗教的"相处之道"。它包括两条,第一是"把人当人",第二就是"己所不欲,勿施于人"。这两条加起来,其实就是"仁"。

问:为什么就是"仁"呢?

答:因为"仁"这个字的本义,就是"人其人",也就是"把人当人"。正因为"把人当人",这才不能把自己不愿意的强加于人。由此可见,孔子,应该说是属于全世界、全人类的;而广泛地传播和推行"忠恕之道",则必将有利于实现世界和平。

问:同意。不过,孔子的"忠恕之道",难道就一点问题没有?

答:有。至少有些事情,孔夫子似乎并没有说得很清楚。比方说,按照"恕道",自己不愿意的,也应该"勿施于人"。那么,自己很愿意的呢?可不可以"施之于人"?

问:这个好像可以吧?如果不可以,"己欲立而立人,己欲达而达人"就讲不通。

答:没错。但如果只要是"己之所欲",就可以随随便便任意地"施之于人",那么,"恕道"中隐含的对他人的尊重,就会荡然无存,也与"仁爱"的初衷背道而驰。

问:为什么?

答:因为仁爱的初衷,是让别人幸福;而别人实际上得到的,却是"强制"和"被迫"。请问,他会感到幸福吗?

问:可是,我们是一番好意。给他的,也是好东西呀!
答:好不好,是你的判断,不是他的感受。你喜欢的,别人不一定喜欢。你想要的,别人不一定想要。比方说,大闸蟹,是许多人爱得要命的,我就不喜欢。如果你把你这个"己之所欲",硬要施之于我,我不难受吗?

问:那应该怎么办?
答:我想吃大闸蟹,你就给。我不想,你别硬来。同样,如果别人明确希望你帮他立,帮他达,你又有此条件,那就可以也应该帮他立,帮他达。这就是"忠"。如果别人没这个意思,那么对不起,己之甚欲,也勿施于人。这才是完全、彻底也更重要的"恕"。

问:历史上有这种说法吗?
答:没有,但庄子有这个意思,我们以后再说。

有"恻隐之心"做底线,就能建立完整的道德体系

问:孔子的"忠恕之道",还有问题吗?
答:有。表面上看,实行"忠恕之道"并不难,至少"恕道"不难。其实不然。比方说,我们每个人都是不愿意被杀的,其他生命

也一样。因此，按照"己所不欲，勿施于人"的原则，我们就不能杀人，甚至不能杀动物，对不对？

问：对呀！

答：那么请问，敌人杀不杀，罪犯杀不杀，食用动物杀不杀？

问：能够不杀，就不杀吧？杀则不仁啊！

答：不能不杀呢？比方说，一个杀人狂，疯狂连续作案。你不当场将其击毙，他会杀更多的人，岂非更加不仁？

问：那你说怎么办？

答：可杀可不杀，坚决不杀。不得不杀，也不可"虐杀"。对敌人，对罪犯，对食用动物，都如此。比方说，在执行死刑的时候，可以采取比较人道的方式。"游街示众"之类的事，就不要搞。屠宰食用动物，也应该尽量减少它们的痛苦。"活吃猴脑"之类的菜，就不要弄。这样，我们才能保住自己的"仁爱之心"，使自己成为一个"仁者"。

问：这也是儒家的主张？

答：应该说儒家有这个思想之源，这就是孟子的"恻隐之心"。

问：什么是"恻隐之心"？

答：简单地说，就是"不忍之心"。孟子曾经对齐宣王说：有一天，大王把一头原本要宰杀的牛放了，换成一只羊，有这事吗？齐宣王说，有。孟子问，大王为什么要这样做呢？齐宣王说：我实在不忍心看它哆哆嗦嗦的样子，毫无罪过却要去死！孟子说：要讲"无罪而就死地"，牛和羊又有什么区别？齐宣王说：寡人也讲不清是怎么回事，看来只好让老百姓说寡人小气了。孟子说：事情其实很简单，就是大王只看见了牛，没看见羊。看见羊，大王也会不忍心的。这种"不忍之心"，就是"仁"啊（是乃仁术也）！有这份爱心，就能够实行王道、一统天下呀（是心足以王矣）！

问：这个故事说明什么呢？

答：说明三点。第一，仁，首先是"不忍之心"，即不忍心看见别人无缘无故地受到伤害。这种"不忍之心"不但会加之于人，还会加之于动物，比如牛、羊。

问：第二呢？

答：第二，这个"不忍之心"或者"恻隐之心"，乃是道德的基础和底线。

问：为什么这样说？

答：因为人们为了生存，总难免会做一些"不忍之事"，比如屠宰食用动物什么的。毛泽东也说，一个人做点好事并不难，难的是一辈子做好事，不做坏事。既然大多数人都不可能只做好事，不做坏事，那我们凭什么判断一个人是好人还是坏人呢？孟子认为，就看他有没有"不忍之心"。只要有这份"心"，那他就有希望成为"仁者"。所以，孟子并没有要齐宣王把那只羊也放了，反倒一再肯定"是心足以"。可见这是底线,也是希望所在。

问:第三呢?
答:第三,有"不忍之心"或"恻隐之心"做底线,我们就能建立起完整的道德体系,甚至建立一个道德的社会。

问:有这么重要的意义吗?
答:有啊!请问,齐宣王为什么要放了那头牛?

问:因为他不忍心看那牛哆哆嗦嗦的,毫无罪过却要去死!
答:一头牛哆哆嗦嗦"无罪而就死地",与齐宣王又有什么关系呢?

问:好像也没什么关系。
答:事不关己,高高挂起。没有关系,却顿起"不忍之心",这就只有一种解释,即齐宣王想到了自己。在那一瞬间,他想到如果自己也像那头牛那样,无缘无故地被人冤杀,却又百口莫辩、孤立无援,会怎么样?肯定是死不瞑目。所以,他下令放了那牛。

问:齐宣王真有这样的心理活动吗?
答:应该有,不过很可能并不自觉,也没想那么多,只是在一瞬间近乎本能地觉得于心不忍。但这就正是"恻隐之心"了。因为所谓"恻隐之心",其实就是同情心和怜悯心。

问:明白了。有此同情和怜悯,才能做到"己所不欲,勿施于人"？

答：正是。因为所谓"恕道"，其实就是把他人看作自己，把对象看作自我，自己不愿意悲痛忧伤，也不忍心让别人悲痛忧伤。因此，一个人，只要有了"不忍之心"，就证明他有一种设身处地、将心比心的心理能力。

问：那又怎么样？

答：有这个能力，就能由此及彼，推己及人，由对某件事、某个人的"不忍"，推广为对全世界、全人类的"不忍"，进而推广为普天之下的"仁爱"。

问：真能做到吗？

答：能。因为在孟子看来，恻隐之心是每个人都有的（恻隐之心，人皆有之）。比方说，一个婴儿眼看就要掉到井里去了，任何人都会上前去救（请参看第六章"爱，有没有商量"）。所以，只要把这种人人都有的"不忍之心"，推广到所有的事情上去，就能实现"仁爱"（人皆有所不忍，达之于其所忍，仁也）。这可是一种"无尽的力量"。

问：哈，相信无尽的力量？

答：对，那是真爱永在。

二十　仗义岂能无反顾

义,是一把剑,而且是双刃剑。对别人,也对自己;杀坏人,也可能伤好人。

滥杀无辜是"不仁"，
该杀不杀是"不义"

问：以"亲亲之爱"为基础，"忠恕之道"为方法，"恻隐之心"为底线，儒家的"仁学体系"，恐怕是相当完整、完善了吧？

答：仁学体系是完整了，道德体系却还不够完善。因为单讲仁，单讲爱，不全面，也不能解决问题。没错，让世界充满爱，这个理想很好。可惜，我们这个世界上，并非只有爱，同时还有恨；也并非只有生，同时还有杀。孟子就说，当时各国的君主，几乎没有一个是不喜欢杀人的（今夫天下之人牧，未有不嗜杀人者也），而且是"争地以战，杀人盈野；争城以战，杀人盈城"。这个时候，还一个劲地讲什么爱呀爱的，你不觉得滑稽吗？虽然孟子也说"仁者无敌"，但这玩意真管用吗？

问：那又怎么办，难道讲恨不成？

答：当然不能讲恨，更不能提倡杀戮。问题是又不能不面对现实，那就是事实上杀戮不可避免。这就产生了两对矛盾，一是爱与恨，二是生与杀。这两种关系如何处理，是儒家必须面对的问题，也是一个难题。解决这个难题的，是孟子。

问：孟子怎么解决？

答：区别对待。首先，不可大开杀戒，滥杀无辜；其次，实在不得不杀，也要有"恻隐之心"；最后，只有当真"罪该万死"，才可以心安理得地去杀。

问：不滥杀，不虐杀，只杀该杀？

答：是。这里的关键，是"该不该"。这就需要一个标准。于是，在孔子大讲其"仁"之后，孟子便大讲其"义"。

问：仁义并举，以义补仁？

答：对！孔曰成仁，孟曰取义。仁讲"要不要"（爱、生），义讲"该不该"（恨、杀）。

问：为什么"义"就是标准呢？

答：因为"义"这个字，原本就有"该杀"之意。

问：有这意思吗？

答：有啊！义，最基本的意思有两个，一是威仪的仪，二是适宜的宜。威仪的仪，本字就是义，单人旁是后加的。它的字形，是一个人，头上有羊角，手中有武器。这个形象，可谓"威风八面"。所以许慎的《说文解字》，就说"义"是"己之威仪"。同时，它也有一个意思，就是"应该去战斗"。

问：适宜的宜呢？

答：适宜的宜，字形是一块肉放在砧板上。一块肉，为什么会放在砧板上呢？当然是可以杀，应该杀。因此，文字学家容庚先生、唐兰先生，文化学家庞朴先生，都认为"宜"有"杀"之意。只不过后来杀气没有了，就变成了"适宜"。

问：一个威仪，一个适宜，背后都是杀？

答：不，是"该杀"。所以，义与仁，可谓大相径庭。仁主生，义主杀；仁讲爱，义讲恨。其实我们去看那些与"义"有关的词，比如大义灭亲、见义勇为、义无反顾、舍生取义，其中的"义"，都不能替换为"仁"。所以，孟子讲义，就解决了"仁学"无法回答的问题，即那些该死的怎么办？孟子的观点很明确——该杀就杀，不该杀就绝不能杀。"杀一无罪非仁也"，滥杀无辜就是"不仁"。

问：明白了。该杀不杀，则是"不义"？

答：正确。这就解决了爱与恨、生与杀的矛盾，也赋予道德以批判性（当然这也带来了问题，我们以后再说）。所以我们读书，得读全了，不能只读一半。实际上，先哲们说一件事，往往会把正反两个方面都说到。比如孔子说，知道"不可与言"，却"与之言"，就叫做"失言"。那么，如果"可与言，而不与之言"呢？孔子说那就叫做"失人"。失人和失言都是不对的（知者不失人，亦不失言）。同样，不仁和不义，也都是不对的。

问：那么，仁与义，哪个更重要呢？

答：都重要。孟子说，仁，是一个人心灵最安稳的住所（仁，人之安宅也）；义，是一个人行为最正确的路径（义，人之正路也）。做人要做好人，这就是仁。走道要走正道，这就是义。仁与义，一个都不能少。

问：有没有偏重呢？

答：孔子偏重仁，孟子偏重义；孔子推崇"仁人"，孟子推崇"义士"。孔子说，只有那些"仁人"，才真正能够做到爱憎分明，叫做"唯仁者能好人，能恶人"。孟子则认为，爱那些应该爱的，就是仁；恨那些应该恨的，就是义。爱憎仁义，都要看该不该。

问：孔子讲"能爱能憎"，孟子讲"该爱该憎"？

答：对！孔子的关键词是"能"，孟子的关键词是"该"。能不能，有思想问题，有境界问题，有水平问题，有能力问题。所以孔子一方面说"若圣与仁，则吾岂敢"，另一方面又说"我欲仁，斯仁至矣"。该不该，就没有这些问题，是人人都要遵守的。

问：仁是追求，义是原则？

答：没错。仁是境界的追求，义是行为的准则。这也是"以义补仁"的意义之一。只不过这样一来，孟子解决了老问题，却也造成了新麻烦。

义是一柄双刃剑，
必须反思、清理和界定

问：以义补仁，又会有什么麻烦呢？

答：麻烦就在于什么是"义"，什么是"不义"，或者说什么叫"应该"，什么叫"不该"，往往说不清楚。

问：为什么说不清楚？

答：因为"义"的概念太含糊，种类又太多。比方说，有道义，有仁义，有忠义，有正义，有情义，有侠义。这么多"义"搁在一块，有时候会闹矛盾。

问：会闹矛盾吗？

答：会，孟子自己就讲过这样的故事。这故事说，有一次，郑国和卫国发生战争，两国各有一个顶尖级的射手出场。然而，当他们在战场上相遇时，卫国的射手却发现郑国的射手一动不动。卫国的射手就问：先生为什么不拿起弓来？郑国的射手说，他今天病了，拿不动。这下卫国的射手为难了，因为他是郑国射手学生的学生。用"老师"教的武艺，去杀不能战斗的"太老师"，显然不义。放弃战斗，背叛国家，同样不义。最后的解决办法，是卫国的射手抽出箭来，在车轮子上把箭头敲掉，胡乱射了几箭走人。

问：这不就解决了吗？

答：表面上看是，其实没那么乐观。卫国那个射手的做法可行，是因为"春秋无义战"(孟子语)。战争本身既然无义可言,不战而退也就没什么关系。但如果卫国正义呢?

问:那射手恐怕只能自己一头撞死。比如春秋时晋国有个力士,被暴君晋灵公派去刺杀大臣赵盾,结果发现赵盾是忠臣。那刺客说,谋杀国家栋梁是不忠,不能完成任务是不信,两者都是"不义",便一头撞在槐树上自杀了。

答:我看卫国那个射手自己撞死都不行。撞死就不算背义、不算叛国了?

问:先杀了"师爷爷",自己再自杀,行吗?

答:问题更大。杀了老师的老师,这是"欺师灭祖";杀了本国的战士(他自己),这是"叛国资敌";杀一个没有还手能力的老人,这是"乘人之危";犯了错误又自杀,这是"逃避责任"。请大家想想,一旦遇到这种情况,岂非"左右不是人"?

问:呀,真没有想到,义,会有这样大的杀伤力。

答:其实应该想得到,因为"义"的本义是"杀"。这就难免杀戮之气,就像刀剑。

问:义是刀剑?

答:是啊!孟子说:"恻隐之心,仁也;羞恶之心,义也。"恻隐,就是悲痛、哀伤、同情、怜悯,这就怎么着也伤不了人。羞恶却不一样。羞,是自己羞愧;恶,是憎恶别人。为什么羞愧?为什么憎恶?

当然是自己或者别人做了"不义"的事情，这才引起了对自己或者对别人的反感。而且，这种反感还往往会表现出来，比方说，义形于色。

问：那又怎么样？
答：反感的结果是痛恨，痛恨的结果是痛斥，甚至痛打。因为一个讲"义"的人，尤其是一个自以为"正义在手"的人，绝不能容忍"不义"的存在。这就要出手，由"义愤"而"义行"。比方说，路见不平，拔刀相助。当然，在大多数情况下，拔出的多半是"舆论的刀子"或"批判的武器"。这就是"羞恶"。羞，刺向自己；恶，杀向别人。

问：这有什么不好呢？该出手时就出手么！
答：问题就在于什么是"该"，什么是"不该"，说不清楚。该出手时没出手，会放纵坏人，助长邪恶；不该出手乱出手，则会冤枉好人，伤及无辜。这可真是难办。

问：没那么难吧？从古到今，难道就没有对"义"的统一认识？
答：也有也没有。比方说，损人利己，以权谋私，在任何时代任何民族那里，都是"不义"。相反，助人为乐，克己奉公，在任何时代任何民族那里，都是"美德"。这些认识是统一的。但也有一些情况，不太好讲。比如"叛变投敌"和"弃暗投明"，"阴险狡猾"和"兵不厌诈"，就会因为立场的不同，而有不同的判断。这就很能说明问题。

问：说明什么呢？
答：第一，"义"这个概念，看似简单，其实复杂。不同的时代，不同的民族，不同的阶级，都会有不同的解释，形成"义"的不同的内涵。因此，第二，不要以为一个人或者一件事贴上了"义字号"的标签，就一定很好，一定很对。要知道，就连威虎山上的土匪"座山雕"等等，也讲"江湖中义字当先"，难道也该肯定？不能够吧！

问：没错。李逵劫法场滥杀无辜，宋江害得秦明等人家破人亡，都被说成是"义气深重"。后来一起去投降，也被说成是"忠义之举"。

答：所以我认为，孔子的仁，可以大讲特讲，怎么讲都不过分。讲到义，就要格外小心，慎之又慎。强调过分，是很恐怖的。毕竟，义，是一把剑，而且是双刃剑。对别人，也对自己；杀坏人，也可能伤好人。比如祥林嫂，就被所谓的"道德"所杀。这样看来，以义补仁，岂非添了麻烦？行侠仗义，又岂能真无"反顾"？

问：义有反顾？
答：对！这里说的"反顾"，就是理性地反思、清理和界定。

只有立足人性，才能高举义旗

问：那么请问，怎样反思，怎样清理，怎样界定？
答：首先，必须把"义"这个概念，锁定在"正义"的范畴。实际上，孟子讲的，就是"正义"（义，人之正路也）。我们要抽象继承的，也是"正义"。其他某些"义"，尤其是忠义和侠义，最好不提倡。

问：忠义和侠义，为什么就提倡不得？

答：讲"忠义"，往往不问是非；讲"侠义"，往往不守法制。所谓"侠"，就是不把"王法"放在眼里，组织和使用"非政府武装力量"，"法外施法"甚至"以暴易暴"。

问：但他们是在主持正义呀！

答：不能一概而论吧！鲁智深"拳打镇关西"，基本上是。武二哥"血溅鸳鸯楼"，就不全是。等到他们"全伙受招安"时，大体上就只有"忠"，没有"义"，或者那"义"已经变成"忠"了。后来的征方腊、讨田庆，则更无正义可言，不过朝廷鹰犬。或如鲁迅先生所说，"终于是奴才"。这就是讲"忠义"的结果。

问：讲"正义"，就不用"反顾"了吧？

答：也要。第一，我们得确定，自己坚持的，确实是正义。要知道，正义，虽然是所有时代和所有民族的共识，但何为正义，实际上理解不同。某些历来被说成"天经地义"的观念，其实十分可疑，比如"三纲五常"。你要是还主张这一套，还自以为"正义在手"，或者得意洋洋，或者坚持不懈，岂不是犯浑？

问：请问怎样才能确定？

答：与时俱进，理性分析。比如"忠君爱国"，在过去是"正义"。现在看来，只有"爱国"应该肯定，"忠君"就不必了吧！

问：时代总在发展，怎么才能跟上趟呢？

答：很简单，以人为本。具体地说，就是不妨看看你所主张的这个"义"，是不是符合人性。因为人类之所以要有道德，要有正义，归根结底是为了人的幸福，而且是每个人、所有人、一切人的幸福。幸福，就一定符合人性。违反人性，就肯定不会让人幸福。因此，但凡违反人性的，便一定都是"伪道德"，比如"父母之命，媒妁之言"。相反，自由、平等、公正等等，由于符合人性，就一定是永恒的正义。这是最简单同时也最根本的办法。

问：只有立足人性，才能高举义旗？

答：对！但必须把握一点，就是不要以为自己"正义"，别人就一定"不义"。正义有如真理，并不一定就掌握在谁手里，任何人都没有"专利权"和"独占权"。这就完全可能出现所谓"善的冲突"，即我们掌握了真理的某一部分，人家掌握了另一部分；我们看到了问题的这一方面，人家看到了另一方面。结果，我们和人家的观点、结论不同。

问：这时又该如何呢？

答：多想想人家的道理。至少，也不要因为我们自己有道理、有正义，就轻率地认定别人没道理、不正义。真理与真理，正义与正义，有时候也是会冲突的。因此，不要动不动就义愤填膺，就义形于色，就扬言出手，还不容别人分辩。这就走向主持正义的反面了。因为自由、平等、公正，才是永恒的正义。这是我们要注意的第二点。

问：如果对方确实不义呢？比方说，恃强凌弱，横行霸道，仗势欺人。

答：当然"该出手时就出手"，见义勇为么！但请在法律的框架内，尽可能通过正当合法的方式去进行。无论路见不平，还是自我防卫，都不能"过当"。像古代的侠客那样，夜入其宅，取人首级，就不必吧！这是我们要注意的第三点。

问：看来，还真是"义有反顾"啊！
答：是的。事实上，无论孔子的"仁爱"，还是孟子的"正义"，都只能抽象继承，也都要理性地反思、清理和界定。

问：对"仁爱"也要？
答：也要。比如孔子的"仁学体系"中，有一个重要主张，叫"亲亲相隐"。

问：就是"父为子隐，子为父隐"吧？
答：正是。

问：这个可以有吗？
答：当然可以有。体现在现代法律，就是"免证特权"，即近亲属可以"知情不报"。在法庭上，他们面对被告人，有权利提供有利证据，没有义务提供不利证据，甚至可以不出庭。这个相当人性、人道的主张，已为许多现代国家的法律所采纳。

问：这不就行了吗？怎么还有问题？

答：问题就在于，现代社会的"免证特权"是公民权利，孔老夫子的"亲亲相隐"是亲属义务。作为权利，当事人有行使和不行使的自由。比方说，近亲属可以"知情不报"，也可以"大义灭亲"。但如果"亲亲相隐"是义务，就没有这个自由了。实际上，儒家学说的问题之一，就是把"爱"由权利变成了义务。这就违背了"自由"这个正义原则。也许正是由于这个原因，有人强烈地反对孔子的"仁"，甚至主张不要什么"爱"。

问：谁？
答：庄子。

二十一　若为自由故

只要主张真实和自由,就一定会主张宽容。因为没有宽容,就没有自由。

真实而自由，
是庄子的社会理想和人生追求

问：庄子当真反对"仁"，甚至主张不要"爱"吗？

答：老子、庄子都这样。前面说过，老子有句名言，叫"天地不仁，以万物为刍狗；圣人不仁，以百姓为刍狗"（请参看第十二章"不折腾，才有救"）。当然，"天地不仁"与"圣人不仁"是不同的。前者的"不"是"没有"（天地没有仁爱）；后者的"不"，则是"不要"或"不必"，即"没必要"或"不应该"。

问：庄子呢？

答：庄子是连仁带义一起反对，当然老子也是。不过，两人的反对，并不完全一样。

问：怎么不一样？

答：原因不一样。仁义的问题，老子认为是"失道"，庄子认为是"失真"。老子说，道没了，就讲德；德没了，就讲仁；仁没了，就讲义；义没了，就讲礼。这就叫"大道废，有仁义"，我们前面也说过（请参看第十三章"你的笑容已泛黄"）。

问：庄子的"失真"又怎么讲？

答：庄子（或庄子后学）编过一个故事，说孔子向老聃推销自己编的书，希望周王室的图书馆能够收藏。老聃问孔子：你这些书，要点是什么？孔子说"要在仁义"。老聃说：请问你们这个"仁义"，符合人的本性吗？孔子说符合，还一五一十做了解释。老聃听完，长啸一声说：噫呀！你们这是存心要搞乱人性啊（夫子乱人之性也）！

问：讲仁义，怎么就乱人性呢？

答：因为天地、万物、人，都有自己的天性。按照各自的天性去生存，去生活，就很好，就是幸福，甚至就是最高境界（放德而行，循道而趋，已至矣），犯不着人为地再去制定什么规则。人为地、强制性地去规定，去规范，反倒乱了真性情。

问：不要规范？

答：不要。庄子认为，人的本性是天然的，也是自然的。既然是天然、自然的，就用不着刻意，也不能够刻意。野鸭的腿再短，也不能拉长；仙鹤的腿再长，也不能截短。是圆的就不用规，是方的就不用矩，儒家为什么总要弄个圆规和方矩（仁义礼乐）来整人呢？

问：在庄子看来，仁义礼乐就是整人？

答：不但仁义礼乐，一切人为的、刻意的事情，都是祸害。《庄子·马蹄》讲了一个故事，大致说，马，它的蹄可以踏霜雪，毛可以御风寒。饿了就吃草，渴了就喝水，高兴了就撒欢。这就是马的真性情呀（此马之真性也）！可是来了个伯乐，说自己会驯马，又是钉马掌,又是套缰绳,这马就死了十分之二三。然后又训练它立正稍息齐步走,令行禁止,服服帖帖,这马就死一半了。伯乐这样折腾,这马就算得了奥运冠军,也不会快乐。

问:为什么不会快乐?
答:因为它的生活既不真实又不自由。

问:这么说,只有真实而自由,才是快乐和幸福的?
答:对!这就是庄子的社会理想和人生追求。

问:什么是真实?
答:所谓"真实",也就是"率性"。所谓"率性",也就是秉承天赋,顺其自然。比如鹰,就该在天上飞;鱼,就该在水里游。简单地说,该是谁便是谁,该干吗就干吗!

问:贫贱的永远安于贫贱,富贵的永远安享富贵?
答:谁要这么想,那他就完全误解了庄子。

问:怎么误解了?
答:请你想想,你为什么会提出这个问题?不愿意过苦日子,对不对?

问:当然!难道还有愿意过的吗?
答:有,墨子就是。墨子不但愿意过,而且过得很开心。因为这是他自愿的,是他的真实愿望和自由选择。你不开心,则因为那苦日子,是别人强迫你过的,对不对?

问:对呀!

答:这不就清楚了?显然,问题不在"苦日子"还是"好日子",而在真实不真实,自由不自由,愿意不愿意。在这里,真实和自由是一切结论的前提。所以,不但被强迫过苦日子不对,便是强迫过好日子,也不对。

问:是吗?

答:是。《庄子·至乐》说,有一只海鸟飞到了鲁国,鲁国国君喜欢疼爱得不得了,又是设酒宴,又是奏音乐,生怕怠慢了它。结果怎么样呢?那鸟不吃不喝,三天以后就吓死了。其实,真正为鸟好,就应该把它放回大自然,让它去过自由自在的生活,哪怕你认为那是"苦日子"。所以庄子一再说,他宁愿像乌龟那样在泥地里打滚,像猪那样在圈里哼哼,或者做一只孤独的小牛,也不愿意到某个国家去当宰相。你知道这叫什么吗?

问:叫什么?

答:富者吃得饱,贵者地位高。若为自由故,二者皆可抛。

只要主张真实和自由，
就一定会主张宽容

问：这么说，庄子宁愿贫困一生，也不出来做官，不是因为清高？

答：当然不是！把庄子的"隐居"说成"清高"，是一种肤浅的理解。其实他追求的是真实，是自由，是自己希望和向往的生活。这种生活在庄子那里，也有一个专有名词。

问：叫什么？

答：逍遥游。

问：想起来了。《庄子》的第一篇，篇名叫这个。

答：但是这篇文章的开头，却讲了一个奇怪的故事。这故事大致说，北海有一种鱼，名字叫鲲。鲲，大得不得了，不知有几千里长。它化作鸟，就叫鹏。鹏，也大得不得了，它的脊背也不知有几千里长。当它从海上飞起来的时候，旋风直上九万里，水波相激三千里。就这样，鹏将乘风而去，从北海飞往南海。于是，鹦雀，还有斑鸠、蝉，就笑起来了。它们说：干吗呀？花那么多的时间，走那么远的路。你看我们，只要飞到一根树枝上，就停下来。实在飞不上去，就落到地面，不也很好吗？于是庄子说，这就是"小大之辩"啊！

问：这故事我们都听说过，没什么奇怪的呀？

答：好吧！那我请问，庄子在讲这个故事的时候，嘲笑了鹦雀、斑鸠、蝉吗？

问：从语气看，好像嘲笑了。

答：为什么嘲笑？

问：目光短浅，胸无大志，小家子气呗！

答：你认为庄子要表达的意思，就像陈胜说的那样，是"燕雀安知鸿鹄之志哉"？

问：是啊！不是吗？

答：哈哈，这就不是庄子了。庄子连官都不想做，怎么会去煲"心灵鸡汤"，讲什么"励志小故事"？更何况，庄子的理想和主张，就是"真实而自由地活着"。那么请问，像鹦雀、斑鸠、蝉这样"小富即安，自得其乐"，不真实，不自由吗？鲲鹏扶摇直上、远涉重洋固然是逍遥游，鹦雀们在蓬间嬉戏，难道就不是？

问：嗯，好像也是。

答：不是"好像"，而是"就是"。马在地上跑，猪在圈里哼，乌龟在泥巴里打滚，鹦雀在蓬间嬉戏，都是"逍遥游"。因为这都是秉承天赋，顺其自然，率性而为，也都是真实而自由的。庄子，怎么会看不起鹦雀、斑鸠、蝉的生活？

问：那庄子又为什么要嘲笑它们？

答：庄子不是嘲笑它们的"小"，而是嘲笑它们的"笑"。

问：鹦雀、斑鸠、蝉，不该嘲笑鲲鹏？

答：对！因为"真实而自由地活着"，是每个生命体同等拥有的权利，任何人都没有权力去剥夺，也没有资格去嘲笑。大的尚且不能嘲笑小的，小的又岂能去嘲笑大的？然而鹦雀、斑鸠、蝉在说到鲲鹏时，态度都是"笑之"。这就太可笑了。

问：这就是"小大之辩"，也就是小和大的区别吧？
答：不！庄子的这句话，只能翻译为"小和大的辩论"，不能理解为"小和大的区别"。事实上，《庄子》的原文，也是辩论的"辩"，不是辨别的"辨"。

问：也有写成辨别之辨的，版本不同吧？
答：那就只能看哪种版本和翻译，更接近、更符合庄子的思想了。实际上，庄子的主张，除了"逍遥游"，还有"齐物论"。

问：什么叫"齐物论"？
答：齐，就是平齐、齐等、齐一。也就是说，万事万物，都是平等的；思想言论，也是平等的。谁也不比谁高贵，谁也不比谁高明。既然如此，庄子怎么会去区别大小？

问：不区别吗？
答：不区别。在庄子看来，大又怎么样？小又怎么样？高又怎么样？低又怎么样？美又怎么样？丑又怎么样？栋梁与小草，西施与丑八怪，只要是真实的、自由的，就是平等的，也是一样的，这就叫"道通为一"。

问：统统一样？

答：道的面前，万物平等。无论鲲鹏还是鹦雀，栋梁还是小草，西施还是丑八怪，都有生存的权利，而且都有按照自己的天性和选择，来真实生存、自由生存的权利。他们都可以有自己的活法，也都会有自己的长处和短处。因此，你可以赞美鲲鹏，但不必嘲笑鹦雀。反过来也一样。任何人都不能以己之长笑人之短，不能以一种自由嘲笑另一种自由，以一种真实嘲笑另一种真实。这就是庄子讲这故事的真正用心。他的主张，应该很清楚吧？

问：宽容？

答：对，宽容。只要主张真实和自由，就一定会主张宽容。因为没有宽容，就没有自由。这个时候，回头再看前面刚刚讲过的孟子，就会有些别样的意思了。

问：怎么会想到孟子？

答：因为孟子和庄子是同时代人，个性和主张又很不一样啊！

充当"正义斗士"，可能变成"卫道士"，甚至"杀人犯"

问：孟子和庄子，怎么个不一样？

答：如果说，自在逍遥的庄子，就像欣然自得的"快乐蝴蝶"（栩栩然胡蝶也）；那么，义旗高举的孟子，就是精神抖擞的"好斗公鸡",而且是"公鸡中的战斗机"。

问:孟子好斗吗?

答:好斗。孟子的好斗,是出了名的,弄得他的学生都扛不住。比如有个叫公都子的学生就问:外面议论纷纷,都说先生好辩。学生想斗胆问一下,这究竟是为什么呢?

问:孟子怎么回答?

答:孟子愤愤不平地说:我哪里是好辩?我是不得已!你看现在,圣王不再出现,诸侯肆无忌惮,士人信口开河,杨朱、墨翟的主张充斥天下,孔子的学说却得不到实行。长此以往,怎么得了?我不出来战斗,又怎么行?

问:责任感?使命感?

答:还有正义感。这三条加在一起,就使得孟子这个人,颇有些牛皮哄哄。他曾多次说过:老天爷可是要"使先知觉后知,使先觉觉后觉",实现天下太平的。这样的事情,不是我做,还能谁做(*非予觉之,而谁也*)?除了我来,还有谁行(*当今之世,舍我其谁也*)?

问:好大的口气!

答:当然,"天将降大任于是人也"嘛!实际上,孟子口气大,是因为底气足。这个底气,在孟子那里,就叫"浩然之气"。

问:什么是"浩然之气"?

答:也就是"正气",由责任感、使命感和正义感集合而成。有了这种"至大至刚"的"浩然正气",孟子就成了"正义斗士"。你看他怎么骂杨朱,怎么骂墨子?什么"无父无君,是禽兽也",这还不是"正义斗士"?

问:哈!火气也不小。
答:脾气还大。

问:不好吗?
答:也好也不好。好处就是能够塑造伟大而刚强的人格,成为一个"富贵不能淫,贫贱不能移,威武不能屈"的仁人志士,一个顶天立地的男子汉大丈夫。不信你看孟子,不怨天,不尤人,不趋炎,不附势,在任何人面前都不自卑,相反还非常骄傲。他甚至对别人说:你要游说诸侯大夫吗?那你就先得蔑视他们,别把他们的权势和地位放在眼里(说大人则藐之,勿视其巍巍然)。这可真是"这一身傲骨,敲起来铮铮地响"。

问:坏处呢?
答:坏处就是难免杀伐之心,杀伐之气。比如孟子的文章,就颇有些杀气腾腾。这很正常。毕竟,义,是具有战斗性和批判性的,是刀剑嘛!剑出鞘,要见血。不杀别人,就杀自己。尽管这里说的"杀",也许不过道德谴责。但是,以理杀人,用道德杀人,并不比用刀子杀人温柔。所谓"拿起笔,做刀枪",除非是面对强权,否则是很恐怖的。

问：坏人，难道不该杀，不该批判吗？

答：该是该，问题是谁有资格来评判，谁有资格来实施？如果是刑事犯罪，事情倒简单——法院来审判，监狱来执行。但是，如果事关道德和审美呢？比方说，某个人"作风不好"，某部作品"趣味低俗"，谁又能充当"审判长"？不要以为这不是问题。事实上，很多人是很热衷于"道德审判"和"趣味审判"的。

问：由道德高尚和趣味高雅的人来"审判"，不行吗？

答：过去传统社会就是这么干的。结果是什么呢？是千千万万个"祥林嫂"被杀了，而大大小小的"鲁四老爷"却"居然昂起头来，不知道个个脸上有着血污"。

问：为什么会这样？

答：直接的原因，是因为"鲁四老爷"们都以"正人君子"自居，而中国传统社会又特别喜欢动用"道德私刑"。因此，当这些"卫道士"们拿起"批判的武器"时，是毫不手软的。无数个没有话语权的"祥林嫂"，便只能变成"沉默的羔羊"。

问：这里面也有孟子的责任吗？

答：有。孟子的"浩然之气"，虽然能塑造伟大而刚强的人格，但同时也很容易培养出一种道德上的优越感，自觉不自觉地把自己视为"正义的化身"，甚至是"绝对化身"，可以对被他们认为"品格低下""趣味低俗"的人口诛笔伐。其实，这种做法，也就在专制时代和专制传统犹存的时候能行。换到民主时代和民主社会，肯定碰钉子。

问：为什么？

答：哈！投票选举立法，你说最后获胜的，是鲲鹏，还是鹦雀、斑鸠、蝉？

问：又回到庄子了。

答：是啊！如果你真正读懂了庄子，你就会清楚，充当"正义斗士"的结果，可能会变成"卫道士"，甚至"杀人犯"。因为按照庄子的观点，万事万物，都是平等的。谁也不比谁高贵，谁也不比谁高明。因此，谁都没有资格充当道德和审美的"审判长"，更没有"生杀予夺"之权。所以，西方人把最终的"审判权"交给了上帝。

问：那中国人又该把"审判权"交给谁呢？

答：大约也只能交给历史吧！

二十二　让我们荡起双桨

宁可放过一千,也不错杀一个。

面对先秦诸子，
不妨"要什么就是什么，喜欢谁就是谁"

问：听你这么一路讲下来，感慨良多！先秦诸子百家争鸣，真是千头万绪、众说纷纭、莫衷一是。面对如此之多同样是伟大思想家的不同观点，我们又该怎么办呢？

答：哈哈，阿Q有个主张，倒是不妨参考。

问：什么主张？

答：要什么就是什么，喜欢谁就是谁。

问：各取所需，实用主义？这不是你一贯反对的吗？

答：我是反对，可惜我反对没用。大多数中国人，还是要"学以致用"的。你想嘛，他们又不做学问，凭什么要读先秦诸子？无非希望读了有用。所以，我们不能要求大家都超功利，都"为读书而读书"。只要不过于急功近利，就很好了。

问：怎样"学以致用"？

答：这就要看你想干什么。比方说，治国，不妨多读法家。做人，就不妨多读儒家。需求不同，选择也不同。

问：为什么？
答：因为先秦诸子的关注点，其实是不同的。

问：有什么不同呢？
答：大体上说，墨家关注社会，道家关注人生，法家关注国家，儒家关注文化。

问：关注点不同，留下的遗产也不同吧？
答：当然。

问：墨家留下了什么？
答：社会理想，这就是平等、互利、博爱。

问：道家呢？
答：人生追求，这就是真实、自由、宽容。当然，这主要是庄子提出的。

问：法家呢？
答：治国理念，这就是公开、公平、公正。

问：儒家呢？
答：核心价值，这就是仁爱、正义、自强。仁爱，主要是孔子的概念；正义，主要是孟子的概念；自强，主要是荀子的概念。

问：自强你好像没讲。
答：是的，后面会说。

问：墨家"社会主义"，道家"个人主义"，法家"国家主义"，儒家"文化主义"？
答：打上引号，也可以这么说。我们还可以说，墨家留下了建设家园的美好理想，道家留下了指导人生的智慧结晶，法家留下了应对变革的思想资源，儒家留下了凝聚民心的价值体系。详尽的论述，还是请读我的《先秦诸子》一书。

问：遗产不同，取向不同，我们的选择也不同？
答：是。这就叫"要什么就是什么"。

问："喜欢谁就是谁"呢？
答：随其所好，自由选择。比方说，主张"行侠仗义"的，多半会喜欢墨子；主张"超凡脱俗"的，则多半喜欢庄子。你喜欢哪一家，就喜欢哪一家好了。

问：别人不能批评反对？
答：当然。阅读，是一种纯粹个人的事情。喜欢，也是一种纯粹个人的事情。这是我们每个公民的基本权利，他人岂能干预？

问：就不能给点建议吗？
答：建议也只能是原则性的，三条：第一，可以"各取所需"，但不要"厚此薄彼";第二,可以"学以致用",但不要"急功近利";第三,可以"弘扬继承",但不要"全盘照搬"。

问:不"全盘照搬",又该怎么样?
答:抽象继承。

问:什么叫"抽象继承"?
答:就是把先秦诸子的思想,从他们提出这些思想的具体环境和原因中抽离出来,只继承其中的合理部分。比如孔子讲"仁爱",是为了维护等级制度。但仁爱本身并不错,我们就要仁爱,不要等级制度。又比如韩非讲"公平",是为了保证君主独裁。但公平本身并不错,我们就要公平,不要君主独裁。也就是说,我们在继承先秦诸子这笔宝贵遗产时,必须"洗去"他们身上时代和阶级的烙印,只留下合理的内核和普遍适用的东西。

问:对他们所有的思想,都只能"抽象继承"吗?
答:是的。因为"涛声依旧,不见当初的夜晚"。

问:什么意思?
答:先秦诸子提出的问题,比如如何治国,如何做人,至今还在困扰着我们,这就叫"涛声依旧"。今天的社会与当时的社会,早就"不可同日而语",这就叫"不见当初的夜晚"。那么请问,今天的你我,还能重复"昨天的故事"吗?

问：不能重复，又怎么办？干脆不上这客船？
答：船还是要上的，只不过得"荡起双桨"。

问：什么"双桨"？
答：传统与现代，东方与西方。

传统社会与现代社会的根本区别，就在人权

问：传统与现代，有没有什么不同？
答：不同之处多了。社会不同，人也不同。传统社会是宗法社会，现代社会是宪法社会。宗法社会的人，是"臣民"；宪法社会的人，是"公民"。这可就差老鼻子了。

问：公民与臣民，又有什么区别？
答：公民是独立的，臣民是依附的；公民受宪法保护，臣民受宗法制约；公民与公民是平等的，臣民与君主是不平等的。传统社会有一句被认为是理所当然的话——天下无不是的父亲，天下也无不是的君父。

问：君主和父亲总是对的？
答：而且在思想上和行动上，臣与子都必须绝对服从。

问：君要臣死，臣不得不死；父要子亡，子不得不亡？

答：岂止是不得不亡？还得谢恩。所谓"雷霆雨露，俱是君恩"。因此，君父赐给臣子什么东西，臣子也是必须接受的，叫"君有赐，臣不敢不受"。这就完全没有人权。

问：不能拒绝赏赐，怎么就是没有人权呢？
答：因为拒绝，因为说"不"，是一个人的基本权利。你想啊，一个人，如果连"不"都不能说，那他还有什么可以说；如果连拒绝的权利都没有，那还有什么事可以做主？要知道，就连一只狗，你喂它什么，它都可以不吃的。

问：明白了，公民是有人权的，臣民是没有人权的。
答：对！传统社会与现代社会的根本区别，就在人权。没有人权，就没有法治。没有人权，也就没有民主。所以，传统社会最缺的，就是这两样东西。

问：法治的传统，法家那里不是有吗？
答：有一点，但问题很大。最大的问题，就在于法家主张的"法"，是"王法"。既然是"君王之法"，那就不是"人民之法"。所以，它是不保护人权的。比方说，审案的时候，官员坐在堂上，百姓跪在地下，然后官员惊堂木一拍，一声断喝——尔等刁民，为何犯罪，从实招来，免受皮肉之苦。你看，案子还没审，小民先就成了罪人。

问：没有"无罪推定"？
答：也没有"律师辩护"。辩护什么？小民原本就没有人权，不招就打。到了明代,更惨,官员都没有人权。皇帝一不高兴,就可以把朝廷大臣拖到午门外,脱了裤子,在光天化日之下打屁股。你想,这还有什么"人的尊严"?

问:说到底,还是人权问题?
答:是的,没有人权,就什么都谈不上。所以,传统社会虽然也讲"以人为本",却只有"民本",没有"人本";或只有"民本",没有"民主"。

问:民本和民主,又有什么不同?
答:民本是"为民做主",民主是"人民做主"。为民做主,做主的还是君,所以是"君主",即"主权在君"。人民做主,做主的是民,所以是"民主",即"主权在民"。当然,人民不能直接治国,治国还得靠政府。但是,在民主制度下,政府的治权,是需要由人民来授予的。政府做得不好,人民可以问责。可见民主的关键,在于人民授权。

问:人民授权的思想,孟子好像有吧?
答:孟子的思想,是天神与人民的双重授权,而且名为"天授",实为"民授"(请参看第八章"从君权到民权")。这在当时,已经非常了不起。但是,没有授权的方式,也没有问责的制度。人民不满意,只能闹革命。这时,人民也几乎根本就活不下去了,这才铤而走险,揭竿而起。所以,改朝换代,社会付出的成本和代价都太大。

问：不是还有"禅让"吗？

答：禅让也并非政权的和平交接，只不过血流得少一点而已。能接过政权的，其实都是军阀，都有军事实力撑腰。因此可以说，中国古代，基本上没有民主的传统。

问：为什么没有？就因为不讲人权吗？

答：对！比方说孟子，虽然主张"以民为本"或者"以民为贵"，却没有想过，作为"根本"的人民，究竟有哪些政治权利。

问：不是说君主不合格，人民就有权革命吗？

答：严格地说，那叫"改朝换代"。改朝换代以后，人民与君主的关系，按照后世最开明之君主的理解，也只是水和舟的关系，不是老板与雇员的关系。所以，君主不合格，人民是不能"问责"也不能"解雇"的，只能在活不下去的时候起义、造反、闹革命。

问：墨子呢？墨子主张人权吗？

答：墨子确实是"维权"的。可惜，他只为人民群众争取生存权利和经济权利，不为他们争取思想权利和言论权利。相反，在他看来，这些权利还必须无条件地交给统治者（请参看拙著《先秦诸子》之"儒墨之争"）。结果，他就从平等走向了专制。

问：除此之外，墨子还有问题吗？

答：有。只主张"集体权利"，不主张"个人权利"。正因为不主张"个人权利"，结果是"集体权利"也没了。

问：杨朱好像是主张"个人权利"的。

答：可惜杨朱被歪曲和误解了。杨朱被"妖魔化"以后，民主与法治的发展将面临更大的挑战。

科学、民主、法治，
是我们今天的救世之道和强国之道

问：科学的传统呢？

答：也很稀缺。先秦诸子当中，孔、孟、老、庄、韩，都不讲科学，也没有兴趣。难得的是还有墨子和荀子。在先秦诸子中，荀子是最具有科学精神的。

问：不是还有墨子吗？

答：墨子主要讲工程技术。何况墨子对待自然，还采取了宗教的态度。

问：其他人呢？

答：孔子和孟子，是回避的态度；老子和庄子，是哲学的态度；只有荀子，是科学的态度。在《天论》篇，荀子开宗明义就提出一个观点："天行有常，不为尧存，不为桀亡。"

问：什么意思？

答：自然界有自己的规律（天行有常），并不以人的意志为转移

（不为尧存），也不因统治者是什么人就会怎么样（不为桀亡）。这就把天与人区分开来了。天是天，人是人，自然是自然，社会是社会。自然有自然的法则，人类有人类的规范。自然不能把人类怎么样，人类也不能把自然怎么样。

问：那又怎么样？

答：各干各的呗！荀子说，天，是不会因为人们怕冷，就没有冬季的（天不为人之恶寒也辍冬）；地，也是不会因为人们怕远，就不再广阔的（地不为人之恶辽远也辍广）。那么，一个君子，难道会因为小人吵吵嚷嚷，就停止行动了吗？当然也不会（君子不为小人之匈匈也辍行）。这叫什么？这就叫"天行健，君子以自强不息"。

问：这话也是荀子说的？

答：不是，是《周易》说的。但是，君子为什么要自强，却只有荀子能解释。我们知道，作为先秦儒家的第三位大师，荀子与孔孟的区别，就是接过了道家的思想武器。

问：道家的思想武器是什么？

答：以天道说人道。这是道家的方法，也是荀子的方法。

问：荀子岂不变成道家了？

答：不。他们对"天道是什么"，认识不同。道家认为是"无为"，荀子认为是"自为"。在道家看来，既然天道无为，人也应该无为。荀子则认为，既然天道自为，人也应该自为。所以，与其听天由命，不如自力更生；与其怨天尤人，不如奋发图强。这就叫"天行有常，君子自强"，很有我们民族的特色啊！

问：什么特色？
答：表面上说"自然规律"，实际上说"伦理道德"。

问：是中国人特有的思维方式吗？
答：是。这也是东方与西方之别，即西方人重自然，中国人重人事；西方人讲科学，中国人讲道德。所以，西方哲学是"物理学之后"，中国哲学是"伦理学之后"。

问：这里面有高下优劣之别吗？
答：没有，但有利弊。

问：对于西方人来说，利弊是什么？
答：那是他们的事，我不管。对我们有什么好处，也不用说。

问：那么请问，对我们，有什么不利呢？
答：泛伦理、泛道德。具体地说，就是容易把政治问题啦，经济问题啦，艺术问题啦，甚至科学问题啦，等等，说成是道德问题。比如文艺作品的"品位"，是有雅俗之分的。但这是审美判断，不是道德判断。低俗不一定就缺德。然而在中国，这容易被看成道德问题。

问：还有吗？

答：一事当前，先做道德判断，后做事实判断，甚至不做事实判断，或者用道德判断替代事实判断。比如我说道家"消极无为"，可能马上就有人跳起来大骂，说你怎么能这样贬低道家。其实我说"消极"，只是事实判断，并非价值判断，更非道德判断，哪有贬低的意思？凡此种种，都因为缺少科学精神。

问：科学精神有哪些内容？
答：怀疑精神、批判精神、分析精神、实证精神。可惜不能展开说了。其实，只要用这四种精神去反省我们的学术研究和文化论争，就会发现不少问题。

问：所以要用科学精神来补充？
答：还要加上法治精神。

问：法治精神又有哪些内容？
答：无罪推定、权利优先、程序公正。在操作上，则表现为四项原则：证据确凿、立场公正、保护隐私、尊重人格。说得白一点，就是"宁可放过一千，也不错杀一个"。

问：为什么要这样？
答：为了保护人权。没有人权，就没有法治。

问：这么说，还应该加上民主精神了？
答：当然。科学、民主、法治，才是我们今天的救世之道和强国之道。

问：所以，我们在继承思想文化遗产的时候，必须兼顾传统与现代、东方与西方？

答：对！这样才能荡起双桨，驶向彼岸。

（全书完）

易中天

1947年出生于长沙
曾在新疆工作,先后任教于武汉大学、厦门大学
现居江南某镇,潜心写作

扫码关注
易中天官方公众号

儒墨道法的救世之策

作者_易中天

产品经理_林昕韵　装帧设计_祝牙　产品总监_王光裕
技术编辑_白咏明　执行印制_刘淼　出品人_贺彦军

物料设计_于欣

鸣谢（排名不分先后）

段冶　周颖　刘朋

果麦
www.guomai.cn

以 微 小 的 力 量 推 动 文 明

图书在版编目（CIP）数据

儒墨道法的救世之策 / 易中天著． -- 杭州：浙江文艺出版社，2024.11（2025.3重印）． -- ISBN 978-7-5339-7737-5

Ⅰ．I267.1

中国国家版本馆CIP数据核字第2024KW0063号

儒墨道法的救世之策
易中天 著

责任编辑　陈　园
特约编辑　林昕韵
封面设计　祝　牙

出版发行　浙江文艺出版社
地　　址　杭州市环城北路177号　邮编 310003
经　　销　浙江省新华书店集团有限公司
　　　　　果麦文化传媒股份有限公司
印　　刷　北京盛通印刷股份有限公司
开　　本　875毫米×1240毫米　1/32
字　　数　222千字
印　　张　9.25
印　　数　5,001—10,000
版　　次　2024年11月第1版
印　　次　2025年3月第2次印刷
书　　号　ISBN 978-7-5339-7737-5
定　　价　58.00元

版权所有　侵权必究
如发现印装质量问题，影响阅读，请联系021-64386496调换。